キッチン・テルちゃん なまけもの繁盛記

堀川アサコ

角川文庫
23723

目次

1　わたし、働くのがキライなんです

わたし、働くのがキライなんです。

わかってます。非常識なことをいってるのは、わかってます。

しかしです。考えてもみてください。フルタイムの勤務となりますと、一週間のうちに少なくとも五日間、朝から晩まで働くわけです。伝票のデータ入力とか、集計とか、決算とか、電話番とか、電話のオペレーターとか、現場の工事とか。仕事というのは、もうともかく無限にありますものね。

でも、そういうの、自分の人生において何の意味があるのか。問題は、そこです。

もちろん、どれも大事な仕事ですよ。社会に必要不可欠な、尊い仕事ですとも。

でも、わたしという人間にとって、それらの仕事は何か意味があるのだろうか。

ええと、すみません。その答えは、わたしには「ない」なんです。米田亜美（よねだあみ）の人生の中で表計算ソフトが何の意味を持つのか。顧客満足度がナンボのものなのか。いえいえいえ、パソコンのソフトはおしなべて必要不可欠なものばかりだし、顧客満足度は働く者たちを照らす光です、はい。でも、そもそもその仕事の方に愛着も執着も何も感じないんです。少しも面白くないし、決算が合おうが合うまいが、わたしは痛くも痒くもない。もちろん、決算が合わなきゃ合うまで残業しなくちゃいけないので、困りますけど。

仕事として従事している以上、務めを果たすのは当然ですから、そこに文句をいうつもりはありません。わたしがいいたいのは、ただ、わたしのこと。始業から終業までの長い時間を費やす業務、それが自分にとって大切なのか、嬉々として従事できるか、没頭できるか、打ち込めるか。——そういうことしてて、幸せか。

自問自答してみると、答えは「いいえ」なんです。いくら頑張って模範解答をしようとしても、答えは「いいえ」なんです。

友だちに話しましたところ、「バッカじゃない？」といわれました。給料をもらっているんだから、つまらないとか興味がわかないとか、そもそもそんなことを考えること自体が間違っているって。面白くてお金までもらえたら、つじつまが合わないって。

そうなのかなあ。

いや、その友だちのいうのは極めて当然なことだとは思います。わたしなんか、グウの音も出ないハズ……でも何か釈然としない……何か違うと思うんです。世にいうモヤモヤするというヤツです。

わたしのいうことにだって、世の中の大部分の人が「そうそう」とか「あるある」っていうと思うんですよね。月曜日は「あ～月曜日だ～」と暗くなり、GWや年末年始の連休にウキウキする反面で六月は祝日がないといって憂鬱になって、午後になると終業時間が待ち遠しくて何度も時計を見て、早く時間が過ぎるように念じている。そういうのって、ありますでしょ？

仕事とは、そんなにも辛くて大変で苦行みたいなもの――だというのが問題なんですよ。

大して長くもない一日のうちの多くの時間を――大して長くもない人生の多くの時間を、辛くて大変で苦行みたいなものに費やすなんて、不幸すぎます。長い歴史の中で、人類はどうしてこんな大問題を見て見ぬフリをしてきたのか、どうしてだれも解決しようと思わなかったんでしょうか？　万物の根源は水であるとか数であるとか考えるより前に、仕事と人生をきちんと紐づける方法を、どうして考え出さなかったんでしょうか？

で、話を戻すっていうか、先に進めますけど。

わたしは子どものころから、「入学、おめでとう」というフレーズが不思議でならなかったんです。だって、学校って行きたくなかったもん。幸いなことに、学校には仲良くしてくれる友だちがそれなりに居たし、先生のことは今でも恩師って思ってますけど。それにしても、授業が終わるまでひたすら黒板の上の時計を見てました。あの小さい机に拘束されて受ける授業は、苦行そのものでした。『解の公式』も『メンデルの法則』も『F＝ma』も『枕草子』も、ひたすら退屈でした。あ、でも『枕草子』はちょっと面白かったですけど。

ようやくその我慢大会みたいな勉強から解放されたら、もっとハードな仕事ってのが待ち構えていて――。学業を終えたら自分探しの旅に出てしまうくらいの肝っ玉でもあればよかったんでしょうけど、流されるままに会社に入って「就職、おめでとう」なんていわれ、そして退社時間を待ちわびる日々。ひたすら週末と連休を待ちわびる日々を経て、今に至るわけなのでした。

「あんた、気に入ったー！　米田さん、採用でーす！」

え……？

＊

以上は米田亜美――わたし――が、キッチン・テルちゃんというお惣菜屋の採用面接のときに、面接官である店長のテルちゃんこと太田照彦氏と、副店長で奥さんの早智子さんに向かって話したことだ。

さぞかし、なまけ者の屁理屈に聞こえると思うけれど、自分としてはれっきとしたポリシーや持論だった。

もちろん、「仕事をしたくない」などと採用面接で力説するなんて、どうかしているのはわかっている。わたしの言動は、きわめて非常識だ。大事な時間を割いて面接してくれた店長と副店長に対して、きわめて失礼じゃないか。

そうです。わたしは確かに非常識で失礼な持論を開陳しました。

でも、店長のテルちゃんの反応だって、かなり非常識だったと思う。

「あんた、気に入ったー！　米田さん、採用でーす！」

テルちゃんは、五十年配のおじさんである。エラが張った浅黒くて厳つい顔に満面の笑みを浮かべ、声優かオペラ歌手みたいなよく通る美声で、「あんた、気に入ったー！　米田さん、採用でーす！」といったのである。

わたしの目は点になった。あなた、今の話を聞いてなかったんですか？

奥さんの早智子さんは、目だけ動かして夫を見て、それからまた目だけ動かして、目が点になっているわたしを見た。そして、詫びるような苦笑を浮かべて、小さく会釈をした。うちの亭主が変なことをいってごめんなさいねと、顔に書いてあった。

いや、変なことをいったのは、こちらです。採用面接の場でなまけ者のポリシーを披露したココロは、こうだ。

「何かと事情があって面接を受けることになったのですが、実はお断りさせていただきたいのです。何もそちらに非があるのではなく、わたしが極めて非常識な人間だということで、ここはどうか収めていただけないでしょうか」

という意味であり、

「とどのつまりは、不採用ということで、どうかどうかお願いいたします」

という意味でもあった。

そんな意図が伝わらなかったとしても、わたしの持論は呆れられて、面接の結果は不採用になるはずだった。なのに、このおじさんは何を考えているのか？　どうしてこんなにわかりやすい空気が伝わらないんだ？

「そこで米田さん。いやさ、亜美ちゃん」

テルちゃんは、江戸っ子みたいな口調になる。この人の中では、わたしはすでに「亜美ちゃん」と呼ばれる存在になっているのも驚きだ。

「急で悪いんだけどさー、明日から来てくんないかなー。制服、用意してあるから。つっても、エプロンだけなんだけどねー。可愛いでしょ、これこれこれ」

テルちゃんは自分もしている深緑色のエプロンの裾を持ち、パタパタさせた。満面の笑み。まるで探し求めていた人材に、苦労の末に巡り合えたような——そんな大げさな喜びようだった。

わたしはまだ呆気にとられ、開いた口からは言葉が出てこないし、瞬きをする以外はほとんど金縛りの状態になっている。

「あれ？」

テルちゃんは、不意に怪訝そうに眉根を寄せてわたしを凝視した。

「明日からだと、都合悪い？」

太陽のような笑顔は一変、シビアな表情になった。親身になってこちらを心配してくれているように見えたが、その底に得体の知れない迫力がある。

（この人は、何かとてもヤバイ人なのかもしれない……）

だけどそのときは、テルちゃんの親切さも迫力もヤバさも、はっきりと認識できたわけではない。ただ、直感的に「四の五のいったらロクなことにならない」気がして、まるで敵の術中にはまった小動物が身を守ろうとするように、咄嗟の防衛本能が働いた。

「いえ、全然！」

笑顔の仮面を被り、弾けるように起立までする。

「ありがとうございます！　では、明日からよろしくお願いいたします！」

などと、明るく元気よく答えてしまった。

ああ、これだよ、これなんだよ――。「就職＝吉事」という社会通念と、完全に同期した歓喜。さっきからいっているとおり、わたしは「就職＝苦行の始まり」と感じている。でも、世の中の人は、そんな風には考えないのだ。たとえわたしの同類が居るとしても（居るはずだ。労働者の大多数は、わたしと同類なはずだ）、彼らのほとんどは隠れなまけ者だ。だから「採用面接に合格してショックです」なんて態度は、普段は見せることがない。

わたし自身は、この二年ばかりは純正なまけ者を自認している。それが自分の生き方なのだと、胸を張っている。でも、テルちゃんを前にして、わたしはそんなポリシーを貫くことができなかった……。

＊

帰宅途中で立ち寄ったスーパーの通路を歩きながら、わたしは今日の採用面接のことを考えていた。

面接を受けることになったのは、伯母がお節介を焼いたせいだった。

なにしろ、わたしはテルちゃん夫妻の前で告白したとおりのなまけ者である。実家は東京にあるんだけど、北関東にある短期大学に入学し、卒業しても東京には戻らず就職した。

その当時は、学業を終えたら働くという一般的なレールに乗ることに、抵抗はなかった。いや、内心では抗っていたのかもしれない。学生時代だって終業時間や週末や連休や長期休暇が待ち遠しかったのに、働きだしたらもっと拘束時間が増える。……それが憂鬱だと思ったのは事実。でも、ともかく就職した。

働き出して、耐え難いセクハラやパワハラに遭ったわけではない。職場は両親や先輩たちから聞くよりも、ずっと快適だった。でも、毎日が驚くほど退屈だった。本当に、その退屈さには驚いた。

でも、もっと驚いたのは、仕事が面白いという同僚が居たことだ。彼ら彼女らは、働くことが本当に性に合っているらしい。わたしも彼ら彼女らと同じことをしていて、ひたすら退屈だったのに。

いや、退屈なだけならまだいい。職場にある独特の慣習とか、しがらみとか、マニュアルとか、システム上のルールとか、ありとあらゆるシーンで求められる忖度……などという、異様な圧力が、どうにも気持ち悪い。それはセクハラやパワハラみたいな毒性はないが、職場の根底に流れる濁った川のようなものだった。

その川の様子を想像してみるに……。緑がかった濃い黄土色の濁った水が流れていて、水深は不明。ときたまポコリポコリと泡を立て、泡が弾けるとうっすらと人の口臭とか体臭がにおう。川底には、何かの生物や妖怪のようなものが棲息していて、その数も正体も知る者はない……って、何だかすごく不気味だわ。つまり、これがわたしが最初に働いた職場に対して潜在的に抱いたイメージというわけか。えらいこっちゃ。

それはあくまでも内心の、さらにすみっこに持っていたイメージだから、わたしはそれを無視しつつ退屈さと戦いながら、意外とそつなく日々をやり過ごしていたのである。

そして一年が過ぎた、ある春の日のこと――。

関連会社の人たちを接待する懇親会で、スピーチを任されることになった。若手代表ってことで、抜擢(ばってき)されたのだけど、なぜわたしが？　と今でも思う。会社の底には妖怪の川が流れている――なんて考えているわたしみたいなヤツじゃなければ、だれだって適任者だったろうに。

でも、である。わたしが任されたのはマイクの前で発声することだけで、話す内容については原稿を渡された。

原稿は専務がこしらえたもので、その点は大いに恩に着せられたのだけれど、テニヲハも敬語も間違いだらけで、このまま読んだらこっちが恥をかいてしまうという困ったシロモノだった。いや、それよりも、最後に恭しく添えられた「わたくしは、与えられた仕事を死に物狂いで頑張ることを誓います」という一文を見た瞬間、わたしの脳の奥でポコリという音がした――ように思う。ポコリというのは、あの濁った緑っぽい黄土色の川の底から湧き出した泡が、はかなく弾ける音である――ので、わたしにしか聞こえない。

泡の中から、自分の声がした。

死に物狂いで頑張るなんてゴメンだし、それを軽々しく誓うのもゴメンだ。

で、翌日に退職願を出した。「事由」として「一身上の都合で」と書きたくなかったから、「死に物狂いで頑張ることを誓わされるのは不本意なので」と書いた。おかげでひと悶着あり、結局のところ「一身上の都合で」に直したのは、そこで意地を張るのもまた不本意だったから。

以来、短期のアルバイトをしたり、知り合いの伝手でお小遣い稼ぎみたいなことをしたりして暮らしている。実のところ、今、お客としてカートを押して歩いているこのスーパーでも、半年くらい働いたことがあった。半年間、可もなく不可もなく過ごし、セルフレジ導入のタイミングで退職した。セルフレジ導入は人員削減に直結しているから、さっさと自主的に辞めたわたしは上司からも同僚たちからも感謝され、今でもこうして買い物に来ている。ときたま、かつての同僚や先輩に会うと、笑顔で挨拶が交わせるのは嬉しいことだ。

ともあれ、働かないことには暮らしが立たない。でも、まるっきり働いていないというわけでもないから、今のところ、家賃と生活費くらいはどうにかなっている。

どうにもならないのは、家族なのである。

とんだなまけ者になってしまったわが子の行く末を案じるのは、親の権利と義務だろう。

わたしは今年で二十八歳になるけれど、いつまでも親に口出しをされるのは仕方ないと思っている。なにしろ、相手は親だし。従順になりすぎなければ、そんなにストレスにもならないはず――。

で、お説教をのらりくらりとかわしていたら、最後通牒を突き付けられた。

「うちに帰ってくるか、すぐに就職するか、どっちかにしなさい！」

「えー」

「えー、じゃない！」

うちの両親はごく理性的な人たちだ。語尾に「！」を付けることなど滅多にない。

それが付いた。両親も今度こそ本気なのである。

親に心配をかけていることに反省はしたけれど、実家に帰るのは避けたかった。無職で両親のもとに身を寄せたって、ロクなことにならないのは目に見えている。お互いに思惑が違うんだから、衝突は必至だもの。両親はそれを見込んで、こちらが就職に本気を出すように、ちょっと嫌な環境をセッティングしようという深謀遠慮を巡らせているのかもしれない。

実家に戻って就職するか、一人暮らしを続けて就職するか。どっちみち就職するよりなくなった。

それでも、わたしは姑息な手を使い続けた。就職するためには試験や面接を受けなくてはならず、合格するとは限らない。「就職活動はしているんだけど、なかなか合格がもらえないのよね作戦」というのを、のらりくらりと続けることにした。でも、こんな作戦は、急場しのぎに過ぎない。結果として、実家からの電話が頻繁になる。

「うちに帰ってくるか、すぐに就職するか、どっちかにしなさい!!」

再度、そう申し渡された。「!」が増えて二つになっている。それと同時に、伯母が就職先を世話してくれた。伯母の習い事の友だちの旦那さんの教え子の親戚の知り合いが、さっき面接を受けたお惣菜屋のキッチン・テルちゃんなのだった。

わたしは性懲りもなく、今回も「就職活動はしているんだけど、なかなか合格がもらえないのよね作戦」を続けるつもりだった。不合格をいただくのは、実は簡単なのである。仕事に対して思っていることを正直に話せばいいだけだから。これで合格をくれる人なんて、世界広しといえども居るわけがない。

……ところが、居たのだ。

それが、キッチン・テルちゃんの店長なのだった。

「なんでよ」

思わず小声でつぶやいたとき、後ろでカサリ……と音がした。バサバサと雪崩を打つ音が続く。振り返ると、棚に並べてあった亀の子たわしが落ちて散らばっていた。今「なんでよ」といったとき、袖の端に何かが触った覚えがある。この棚は、わたしが働いていたときも、よく商品が崩れ落ちていた。棚の問題なのか、品出し担当の三上さんが粗忽なのか――。

慌てて拾おうとしたら、後ろから来た人が、一緒になって拾ってくれた。まだ時間がはやいけれど、仕事帰りだろうか、スーツを着た若い男の人で、顔立ちは平凡なのに、すごく整った印象の人だった。

わたしが慌てているうちに、その親切な人はてきぱきとたわしを拾い集め、棚に戻してしまった。ここで働いていた当時のわたしよりも、当時の同僚の三上さんよりも器用だった。

「じゃ」

拾い終えた親切な人は、やはり感じよく笑って立ち去った。

彼が消えた通路の先を、ぼんやりと眺める。つくづく感じのよい人だったなあと思い、わたしが中一のときの生徒会長に似ているなあと思った。ついひと月前まで小学生だった身には、三年生の生徒会役員なんてまるで英国紳士みたいに立派に見えたものだ。あの生徒会長は、なんて名前だったろうと思ってから、ふとわれに返った。

（早く帰らなくちゃ）

夕方には宅配便が届くのだ。今日は変に疲れたから、夕飯はお惣菜で済ませてしまおう。

（お惣菜なら、あっちで買えばよかった）

キッチン・テルちゃんの店の様子を思い浮かべる。懐かしい感じのガラスケースの中には、夢のように美味（おい）しそうなお惣菜が並んでいた。タコウィンナー添えのオムレツ、かきあげ、カリフラワーのサラダ、筑前煮（ちくぜんに）、ゴボウとキノコの煮つけ――。

一方、スーパーのお惣菜も、キッチン・テルちゃんほどではないけれど、それでも美味しさを競い合うように展開されていた。種類でいったら、こちらの方が多い。わたしは案外と疲れていたらしく、いつになく悩んだり迷ったりしてから炒飯（チャーハン）のパックを手に取った。小さなサラダと一緒にカートに載せて、レジに向かった。

明日（あした）から、仕事か――。

のんびり過ごすのも、今日でおしまい。明日からは、また終業時間を待って時計を眺めて暮らすのだろう。それもこれも、万物の根源は水だの数だのと益体もないことばかり考えてきた、昔の賢者たちのせいだ。産業革命もIT革命も生産性を上げただけで、仕事と人生の意義については、だれも革命なんか起さなかった。横着者たちめ

――！

面接のときに考えていた愚痴をぶつぶつ胸で唱えながら、セルフレジが鳴らす機械音を聞いた。会計を終えた炒飯とサラダを、いそいそとトートバッグに詰めて帰ろうとしたときのことだ。

背後から、物騒な感じの声が聞こえた。聞き覚えのある、女の人のハスキーな声。かつての同僚、三上さんだ。しかも、怒っている。三上さんは短気だから、よく怒るんだよなあ――そう思ったのだけど、なにやら予想もしていなかった修羅場が展開し出した。

どうやら、セルフレジを使っていたお客さんが、万引きを疑われる行動を取ったらしい。つまり、レジを通していない商品を自分の買い物袋に入れてしまったらしい。

やれやれ、そういうドジな人って居るのよねえと振り返ったわたしは、思わず目をぱちくりする。そのドジな人というのが、さっきの親切な男の人だったのだ。わたしが棚から落とした亀の子たわしを拾い集めてくれた、あの整った感じの男性だったのである。

（えー）

亀の子たわしを片付けた手際の良さを思い出すにつけ、すごく意外な気がした。わたしはこの人物に対して、器用できぱきして手抜かりがない人だという印象を勝手に持っていた。だから、セルフレジを使いそこなうよりも、例えばそう、予告状を送って伝説のダイヤモンドを盗み出す大怪盗なんかの方が合っているのに——なんて思いを巡らしてしまう。

ともあれ、現実はわたしの頭の中よりも切迫していた。

あの親切な人は、店員の三上さんに詰め寄られて、びっくりしたり困ったりしている。

三上さんは、わたしより一回り年上の女の人だ。ちょっと粗忽で、ちょっと気が強くて、お節介で気立てが良い。わたしが居たころは共に品出し担当だったが、今はセルフレジの監視もしているようだ。

「レジを通したと思ったんです」

親切な彼は、すごく誠実そうな声でいった。手には、わたしが棚から落とした亀の子たわしを一つ持っている。

三上さんは慇懃無礼な様子で、それを取り上げた。レジを通したと思った——というのは、セルフレジで万引きする人の常套句である。でも、あっちでもこっちでも「ピッ」「ピッ」と鳴っているんだから、実際に間違っても不思議ではない。その一方で、実は常習犯も居たりするので厄介だ。社会的地位のある人が、セルフレジでの万引きが原因で懲戒処分になったという記事をネットで見たこともある。

「あなた、これで二回目ですよねぇ」

三上さんが、低い声でいった。語尾の「ぇ」に、疑惑が込められている。

あの感じの良い人は、居直ったり逆ギレする様子もない。礼儀正しい態度で、しきりに謝っている。

「ちゃんと、レジを通したはずなんです。ほかの商品と同じように、ピッと音が聞こえました。いや、聞こえたと思ったんです」

「万引きする人は、皆さんそうおっしゃるんですよ」

三上さんは相手を万引き犯と決めつけて、邪険にいう。見ていて、なんだか気の毒になった。親切な彼は、周囲の注目を集めてしまっている。このままでは、どんどん嫌な展開になっていきそうだった。

「あの――三上さん」

騒ぎの中に割って入ったのは、あまりわたしらしくないことだった。でも、ここで親切な彼を見捨てて去るのもまた、わたしらしくない。

名前を呼ばれた三上さんは殺気を込めて振り返ったけれど、その相手が元同僚だったので、お面でも外したみたいに柔和な顔になる。「あら、亜美ちゃん」と、親し気な声を出した。

「三上さん、この人ね、ドジなんです」

わたしは、親切な彼を指さしていう。

「さっきも亀の子たわしを棚から落として慌ててたし、粗忽者なんです。だから、レジを通したと思ったってのも、嘘じゃないと思う。悪気はないはずなの。ドジなだけなの」

「こちら、亜美ちゃんの知り合い？」

「うん。友だちのお姉さんの彼氏。ドジで有名なのよ」

わたしは、背高な彼を見上げて「ねっ」と笑いかけた。親切な彼はどぎまぎして「そんなことないけど――そんなにドジかなあ」なんて、本当にドジそうな感じでつぶやいている。

三上さんは「そうなの？」と、呆れたように笑った。

「今度から、気を付けてくださいね。向こうには、お会計だけセルフになっているレジもありますよ」

セミセルフレジの説明を受けてから、親切な彼は解放された。

思わぬ騒ぎに出くわしたせいで、疲れが吹き飛んでいた。この調子なら、カレーぐらい作れそうだ。でも、炒飯を買ってしまったから、作りませんが。

四月らしい緊張感のない風が頬を撫でて行く。そうか、世間の新卒者たちが働き始める季節に、わたしもまた就職してしまったのか――などという憂愁が胸をよぎり、それから傍らを歩く親切な彼の存在を改めて意識した。彼は店を出てからずっと、真心のこもった調子でお礼をいい続けている。

「ありがとう。あのままだったら、警察に突き出されていたかもしれません。本当に助かりました」

「ドジだなんていって、ごめんなさい」

「とんでもない」

「たわしを落とした罪まで着せちゃいました」

「おかげで助かりました」

「なんかね——社会はいつだって不完全なんですよね。どんなシステムも、常に改良の余地アリなんですから」

「え？」

「セルフレジの万引きはよくあるらしいし、万引きに間違われることも、やっぱりよくあるらしいですよね。万引きする人はもちろん悪いですけど、そんな状況を簡単に発生させる仕組みというのは、やっぱり不完全だと思います。今回みたいなミスやトラブルが発生するのも、やっぱりその不完全さが原因じゃないですか。その責任を、使う人に問うのは理不尽です」

「…………」

親切で粗忽な彼は、びっくりしたみたいな顔でこちらを見ている。こちらが理屈屋なので、あきれているのかもしれない。わたしだって、別に年から年中屁理屈をいっているわけではないのだ。ただ、今日はキッチン・テルちゃんでなまけ者の主張をした後なので、頭の中が活性化しているのである。

「あなたは、きっとすごく仕事ができる人なんですね」

親切で粗忽な彼がそんなことをいうものだから、わたしは思わず吹き出した。なまけ者を捕まえて、仕事ができるなんて、心得違いもいいところだ。

「いや、まさか。ついさっきまで、失業してたし」

思わず釈明（?）したら、親切で粗忽な彼は問うような視線をよこした。

「ということは、今日、就職試験に合格したんですか?」

「そんな大げさな話じゃないですよ。お惣菜屋さんのアルバイトが決まったので――」

なぜか動揺してしまい、いわなくてもいいことまで打ち明けてしまった。相手には関係も興味もないような内輪のことを話してしまうなんて、まるでうちの母や伯母たちみたいじゃないか。それって女として減点だよなあと思った。

「じゃあ、今日助けてもらったお礼と就職祝いに、何かごちそうさせてください――」

親切で粗忽な彼は、そこまでいってから、今しがたのわたしみたいに急に慌て出した。まるでナンパみたいな雰囲気になってしまい、でもそうじゃないのだといいたいらしい。この人だったら真面目そうだし誠実そうだし、ナンパされても問題ないんだけれど。

「そうですね――」

ちょうどアパートの前に着いたので、わたしは足を止めた。

「次に会えるときまでに、考えておきますね」

そういったけれど、体のいい断りの文句に聞こえた気もする。だから慌てて付け足した。

「楽しみにしてます」

「………」

親切で粗忽な彼は、破顔一笑した。それが本当に嬉しそうで優しそうで輝くような笑顔だったから、わたしは何かとても良いことをしたような気分になった。

狭い駐車場の前で別れて、アパートの外階段を駆け上がる。部屋に入ってから、こっそり窓の外を見た。

親切で粗忽な彼が、長い脚をスッスッと運んで道を渡るのが見えた。姿勢が端正で、まるで俳優みたいだなあと思った。彼が米穀店の角を曲がるのを見届けて、わたしはどうしたわけか随分と充実した気持ちになっていた。

2「ただ者ではない」感じ

キッチン・テルちゃんは、五階建ての雑居ビルの一階にある。

一階には、ほかに洋品店が入っていたそうだけれど、今は閉店している。そちらの方がずっと広くて、キッチン・テルちゃんの店構えはこぢんまりと小さい。売り場と厨房（ちゅうぼう）が並んでL字型を成していて、売り場の手洗いと厨房の冷蔵庫の間に通路があり、その奥は休憩室兼事務室とトイレと狭い狭い物置。昨日、面接を受けたのが、この休憩室兼事務室だ。

ビル自体が古いので、キラキラした清潔感を保つのは大変だと思う。でも、店はとっても衛生的だった。奥さんの早智子さんが、せっせ、せっせ、せっせと掃除をしている。比喩（ひゆ）なんかではなく、本当に埃（ほこり）一つ落ちていない。

店主のテルちゃんは、昨日の面接のときから「ただ者ではない」感じがプンプンしていたけれど、従業員となって改めて対峙（たいじ）すると、いやはやまったく喧（かまびす）しいオヤジだった。

なにしろ、声がいい。オペラ歌手みたいなのだ。調理担当だから仕事中はしゃべらないものの、マスクの下では常に鼻歌を歌っている。忙しい忙しいというくせに、お客が来ると必ず店の方まで出て来て、ぺちゃくちゃおしゃべりをする。常連が相手ならもちろんのこと、初めてのお客が相手でもしゃべるしゃべる——。

早智子さんは、対照的に静かな人だった。忙しそうな感じはまったくしないのに、いつも働いている。お惣菜の下ごしらえをしたり、事務仕事をしたり、仕入先に電話をしたり、掃除をしたり、店の飾りつけをしたり、まかない料理を作ったり。テルちゃんは採用一日目(始業から、まだ一時間半しか経っていない)のわたしが心配になるくらいうるさいし、早智子さんは心配になるくらいよく働くのだった。

で、今、テルちゃんが厨房の仕事をほっぽり出しておしゃべりに興じている相手は、このビルの大家さんだという。

大家の須藤氏は長身で痩せたおじいさんだった。この古い雑居ビルの最上階で一人暮らしをしている。一人暮らしなのに身なりは人一倍……いや、平均的な日本のおじいさんの五倍くらい整っていて、ヨーロッパの古城に住む老貴族みたいな感じがした。「感じ」だけでいえば、偏屈な感じだし、不機嫌で怖い感じだし、生まれた瞬間からおじいさんだったんじゃないかという感じがする人だ。

でも、テルちゃんはそんなことはまったく気にならないみたいで、店に来る奥さんたちを相手にするみたいに、ぺちゃくちゃとわたしのことを紹介した。

「こちらが、なまけ者の亜美ちゃん。面接で自分がいかになまけ者なのかを力説した、面白い人でねー」

テルちゃんは須藤さんに向かって、昨日の面接のことをしゃべりだした。そういうのは守秘義務の範囲に入るんじゃないかなあとわたしは首をかしげたけれど、うるさ型に見える須藤さんまでただ面白そうに聞き入っている。

「亜美ちゃんは、これまで働き甲斐のある職場に恵まれなかったわけか」

いがらっぽい声で、須藤さんはそういった。不機嫌な貴族みたいなおじいさんにまで「亜美ちゃん」呼ばわりされて驚いたけれど、「働き甲斐」という珍しくもない言葉がわたしのなまけ者人生を一言で弁護していることにも、ちょっと感激した。つまり、わたしは働き甲斐のある職場に居れば、なまけ者ではなくなるのか？　帰宅時間や休日を待ったりしなくなるのか？

「あんたはね、結局のところ、よかったんだよ。キッチン・テルちゃんと巡り合ったんだからな。こういうのを、今どきの言葉で何ていうんだっけな？　健留がよく使うんだが？」

「マッチング？　マッチングでしょー、それ」

テルちゃんが、喇叭みたいな声ではしゃいでいる。

だったら、わたしは、ここで働き甲斐を感じることになるのか。親に褒められる娘になってしまうのか。実家の居間で自慢げに胸を張る伯母の姿が頭に浮かんだ。

――働け働けって無理強いしたって、駄目なのよ。亜美ちゃんにとって、働き甲斐のある職場を世話するのが身内の務めってもんでしょ。

空想の中の伯母の自慢顔は、しかし意外な事実によってかき消された。

「それで、大家さん、このビルの取り壊しはいつになるのかな？」

（え？）

わたしは、目を見張ってテルちゃんを見た。そのエラの張った浅黒い大きな顔の中に、不穏な未来を見出すかのように。

「取り――壊しって、何ですか？」

「あれれー？」

テルちゃんは、失敗を見つけられた少年のように、きまり悪そうな顔をした。

須藤さんは、思慮深い面持ちだが、やはりチラチラと目を泳がせた。

後頭部に、早智子さんの視線を確かに感じた。早智子さんの視線からは、昨日テルちゃんが「あんた、気に入ったー！　米田さん、採用でーす！」といったときのように、詫びるような気配がした……気がする。

「亜美ちゃんには勤め始めたばかりで悪いんだけどさー、うち、田舎に引っ越すんだよねー。新装開店ってヤツ」

一方のテルちゃんは、やはりかんらかんらかんらと笑いながらそういったのである。

＊

キッチン・テルちゃんは近く移転するらしい。

大家の須藤さんが、この古い雑居ビルの解体を決めたためだ。

スドー・ビルヂングは、今年で築五十年になる。半世紀前の建物だから、維持管理にかかる費用も大きい。

「バカバカしくなるくらい、金がかかるんだよ」

水漏れ、雨漏り、壁のひび割れ、火災警報器の電池切れなどは日常茶飯事で、トイレの故障、エレベーターの故障、窓のひび割れ――果ては除霊やお祓い（はら）まで、ビルヂングは高齢の須藤さんの気持ちを日々かき乱す。

須藤さんはとりたてて新しもの好きでもなく、父が建てたこの古びたビルヂングを愛し、最上階いっぱいを自由に使った一人暮らしも気に入っていた。でも、ともかく手がかかり、お金がかかるのだ。そろそろ高齢者施設にでも入って、楽な生き方をしたいと思うようになった。

「でもなあ」

と、須藤さんは未練がましくつぶやくのである。

ひとりで暮らして静かに天に召されるのは、むしろ望むところであった。問題は、魂が昇天しても、肉体が残ることだ。たとえば蒸し暑い真夏にお迎えが来たとして、残された肉体がよろしくないコンディションに陥る可能性は限りなく高い。

「その時、こっちは死んでるから痛くも痒(かゆ)くもないが、周りに迷惑をかけちまう。オンボロビルの最上階から大家の腐乱死体が発見されるなど、洒落(しゃれ)にならないよ」

還暦を越したころから、須藤さんはすでにそんなことを考えていた。妻を亡くして、すぐのころだ。二十年近く、須藤さんはこのビルの上で気ままな偏屈人生を送り、いずれは自分で始末をつけることをずっと考えてきたのだった。

須藤さんが住み慣れたビルとの別れを決心したのは、孫の健留が不動産会社に就職したことも関係している。優秀な若者だから、土地や建物のことなど、任せて安心なのだそうだ。

こうしてビルは解体に向かって舵(かじ)を切り、店子(たなこ)たちは次々に退去して行った。今残っているのは、二階に入っている骨董(こっとう)店の播磨屋(はりまや)さんと一階のキッチン・テルちゃんのみ。

(ということは——)

わたしは、上目遣いでにらむようにテルちゃんを見た。

——あんた、気に入ったー! 米田さん、採用でーす!

(というのは――)

この人が極端に無分別だったわけでも、逆に非凡な理解力があるのでもない。ただ、クビにしやすい人間を探していたわけか。なるほど、勤労意欲に欠けまくっているわたしのことなんか、いつクビを切ろうが良心が咎めることはあるまい。

移転先がどこかは知らないけれど、スドー・ビルヂングからは随分と遠いところらしい。テルちゃんは「田舎に引っ越す」と明言したし、一方のわたしはクルマもなく、電車やバスを延々駆使してせっせと通勤する意欲なんかない。

やはり、キッチン・テルちゃんとも縁がなかったわけか……。

そう思ったら、胸の中にどんよりとした重さが生じた。これは、何だろう？　もしや、憂鬱というものか？　キッチン・テルちゃんでの仕事を失うことを嘆いて、わたしは暗くなっているというわけか？

(いやいや、まさか)

わたしは一人で取り繕うように笑い、早智子さんの不思議そうな視線を感じて、慌てて居住まいを正した。でも、早智子さんは早智子さんで、自分の悩みに沈んでいたようだ。

「引っ越した先でも、お客さんが来てくれるかしら。ここのご常連さんと別れるのは、つらいわよね」

「なあにいってんのー。早智子さんは、相変わらず心配性なんだからなー」

テルちゃんは、「キャハハハ」と笑った。わたしは個人的に、中高年の男性が奥さんのことを名前で呼ぶのを好ましく思っている。「さん」付けなら、なおさらだ。それで、一度淀(よど)んだ気持ちは、案外と簡単に晴れた。

いや、そうではなくて。

思いがけない事件が発生して、いつまでも不貞腐(ふてくさ)れているわけにいかなかったのだ。

というのは、あるお客が来たためだ。

そもそも来店者は、さっきから途切れることがない。中年女性に、若奥さんみたいな人、須藤さんよりも高齢に見える老紳士から、昼食を調達に来たらしい制服姿のOL、スーツを着た若い男の人――。

そんな中で、彼はひときわキリリとしていた。若いのにテーラーで仕立てたみたいな上等のスーツをまとい、背高で四肢が長く姿勢が良くて、イケメンすぎないのがかえって美々しく感じられる彼――スーパーで亀の子たわしを拾ってくれた親切者にして、セルフレジの使い方が下手な粗忽(そこつ)者の、あの彼である。

「あ」

と、わたしたちは同時に声を発した。

そのとき、わたしは三人連れの主婦の三人目が買い込んだコロッケと焼き魚ととんかつと切り干し大根のレジ打ちをし、次に控えた同行のお客たちの買い物籠（かご）をチラ見なんかしていた。

三人の主婦たちが、物見高い様子でわたしと彼を見比べ、それからちょっとわざとらしい感じで「このコロッケが安くて美味（おい）しい」なんて話で盛り上がり出した。わたしはそんな三人にぺこりとお辞儀をしてから、会計を続ける。

「ありがとうございました。またお越しくださいませ」

自分が買い物をするときは「なにもそこまでいってくれなくていいよ」と思うセリフだけれど、ここでは引っかかることなく口から出る。それを不思議に思いながら、目の前に立った親切で粗忽な彼に上目遣いの視線を投げ、仕事用とは別の笑みを浮かべた。仕事用の笑顔よりも、こっちの方が引きつっていたと思う。

「採用になったって、ここだったんですね」

彼はにこにこして、小声だけれど溌剌（はつらつ）といった。

「ええと。はい」

彼の後ろにレジ待ちの人が列を作り出したこともあって、焦ったわたしは気の利いた言葉が出て来ない。

「じゃあ、いつでも会えますね。また来ますから、約束の件、考えておいてくださいね」

そういって、彼はさっさと帰ってしまった。お店が混んでいたから遠慮したのだろうが、何だか素っ気なくされたようで、ほんのりと傷付いた。こっちこそ、挨拶すらロクに出来なかったくせに。

お昼時間が過ぎると、魔法にでもかかったみたいにお客の姿が消えた。テルちゃんは手ぶりで、早智子さんとわたしにお昼の休憩をとるようにいい、わたしたちはありがたく従った。

休憩室は、畳敷きの六畳間だ。売り場や厨房よりも古さが感じられる。窓はあったけれど、間近に建物があるから暗かった。それで、部屋に居るときは、照明をつけなければならない。

照明器具は二ヵ所を鎖で吊るタイプの蛍光灯で、掃除が行き届いているものの、経年のせいで黄ばんでいた。部屋の真ん中に木目調の折脚テーブルが置かれていて、閉じたノートパソコンが載っている。そのとなりに、醤油とウスターソースと七味唐辛子のビンを載せたプラスチック製の小さなトレイがあった。

わたしがお茶を淹れる間に、早智子さんは大きなおにぎりを一つずつくばり、お惣菜を入れた容器と武者小路実篤の言葉が書かれた小皿を置いた。お惣菜は、イカと大根の煮つけ、玉子色をしたポテトサラダと、白菜と高菜の浅漬けである。

サラダと浅漬けはお店の商品と同じだけれど、イカの方はまかないだけの特別製らしい。お昼は用意しなくていいといわれていたものの、こんなにちゃんと食べさせてもらえるなんて、大変な特典である。早智子さんは「お口に合うか、心配だわ」など、通り一遍の謙遜（けんそん）をいった。実際のところ、お店のサラダと浅漬けはもちろん、イカと大根の煮つけは大変に美味しかった。

「これね、こないだテレビを観ていたら、農家のご夫婦が畑仕事のお弁当として食べてたの。料理番組じゃなかったからレシピはわからなかったけど、イカと大根と農家ってキーワードで、想像しながら作ってみたのよ。美味しかったから、さっそく亜美さんにも食べてもらおうと思ってね」

そうか、早智子さんからは、これから「亜美さん」と呼ばれるのか。親しさと距離感のバランスが、いい感じである。――もうすぐ店は移転して、そこで縁が切れるとしても。

もやもやを吹っ切るように大きな口でおにぎりにかぶりついたら、早智子さんがこちらを見ていた。

「亜美さんって、メンチくんの知り合いなの？」

「メンチくん？」

「ほら、レジで話していたでしょ？　メンチカツを買った若い男の人――」

「メンチカツ――若い男の――」

わたしは、ひざを打った。あの親切な粗忽者の彼のことに違いない。

「彼はメンチさんっていうんですか？」

変わった名前だ。面池と書くのだろうか？　それとも、免知？

「そうじゃなくて」

早智子さんは、小さな声で笑い出す。

「あの人、常連さんなんだけど、いつもメンチカツを一つだけ買うのよ。どこかの青年実業家みたいな身なりをして、こんな小さなお惣菜屋に来てメンチカツを一つ買うなんて、どこやら可愛らしいじゃありませんか？　それでテルちゃんがこっそり『メンチくん』と呼び始めて、わたしもつい、そう呼んでるの。来ない日が続くと、ちょっと寂しい気持ちになったり、どうしているのかなあなんて、テルちゃんと話したりしているのよ」

「はあ、メンチカツですか」

確かに、さっきもメンチカツを買っていた。ここのメンチカツは大きくて、一人で食べると一食分の栄養が十分に足りてしまう（と思う）。だからほかの物は、むやみに買えないんだろうけれど、まさかそれがあだ名になっているなんて考えもしないだろう。当人に教えたら面白がるに違いない。それとも、気を悪くするだろうか？

「亜美さんの彼氏さんなの？」

「まさか。名前も知らなかったくらいですもん」

「でも、恋人同士みたいな雰囲気でしたよ？」

「ええ、そうかな」

わたしは照れたけれど、照れるのもおこがましい気がする。テーラー仕立てのスーツを着て余裕たっぷりで溌剌としているところから見ても、あちらはきっと御曹司とか青年実業家とかエリートとかキャリアという立場の人だろうし、こちらは勤務初日に近い将来の失業が決まったなまけ者だ。

「そんなんじゃなくて、実はですね」

照れを隠したかったからか、それとも何でもぺらぺら話してしまう母の遺伝か、昨日のスーパーでの出来事を早智子さんに教えた。亀の子たわしを崩したところで、やけにウケた。ごはんを喉につまらせながら、苦しそうに笑っている。慌ててお茶を注ぎ足してあげると、早智子さんは笑顔で「ああ、苦しい」といった。

「でも、確かに、亜美さんのいうとおりだわ。お客さんがミスするかもしれないものを、サービスとして提供するのは、よくないと思います。それじゃあ、まるで――」

細い人差し指を頬に当てて、考え込んでいる。そんな早智子さんは、下生したのに気苦労ばかり重ねる弥勒菩薩みたいに見えた。

「罠みたいなものだわ。でも、人生ってのはそもそも、そんな見えない罠から逃れた人だけが、幸せになれるのかもしれない」

「時代が変わっても、文明が発達しても、人類が一向に幸せにならないのは変ですよね」

「そうね――変かもね」

それから早智子さんは黙って残りのおにぎりを食べ、イカと大根の煮つけを食べ、玉子色のポテトサラダと白菜と高菜の浅漬けを食べた。味わって食べているという感じではなかった。

「わたしね、なんだか、不安なのよ」

長い沈黙の後で、早智子さんはようやくそれだけいった。何が不安なのかは、教えてくれなかった。はぐらかされたというより、食べる物がなくなったのでお昼の休憩が終わったのである。

＊

昼の休憩の後は、穏やかに過ぎて行った。買い物カートを引く老婦人がおからの煮物を買った。ＯＬの二人連れが買ったおにぎりは、遅い昼食かそれとも残業の合間に食べる夕食か。二人は楽しそうだったけれど、わたしは胸が痛んだ。お昼ご飯もまともな時間に食べられなくて、あるいは残業のせいで夕飯の時間まで仕事に侵食されて、それでどうして笑顔でいられるのだろう。

働き甲斐。

須藤さんの言葉が、頭の中にぽかりと浮かんだ。なるほど、さっきのOLたちは、仕事に人生の意味を見つけたのかもしれない。ピタゴラスも米田亜美も見つけられなかった、人類の究極の答えを――。

親切で粗忽な彼、改め――メンチくんも、あんなに溌剌としているんだから、きっと働き甲斐というのを知っているのだろう。

(でも、どんな仕事をしてるのかな)

平日の午前中にお惣菜屋に立ち寄れる仕事――昨日だってスーパーに居たのは世間の人たちがオフィスに縛り付けられている時間帯だったし。

そこまで考えて、わたしは「ん?」と首をひねった。どうして、こんなにメンチくんのことを詮索したがるんだろう。でも、その問いも答えも、尻切れに消えた。

「………?」

目の前で、人の気配がした。でも、姿が見えない。

不思議に思ってカウンターから身を乗り出したら、ぬっとばかりにおばあさんの顔が下から伸びてきた。

白髪で灰色に見える髪を小さなお団子に結った、不機嫌そうなおばあさんだ。きちんとしゃがみこんでカウンター下のガラスケースの中を物色していたらしい。きちんと立っても、背丈はカウンターと同じほどだった。かなり小柄である。でも、威厳があった。フリルやギャザーの多い黒いワンピースを着ていて、それが似合っている。全身から、ピリピリとかキンキンとか、そんな感じの緊張感を発しているように感じた。

「あら、富樫さん。いらっしゃい！」

テルちゃんは奥で昼食を食べている最中なので、早智子さんが精いっぱい元気な挨拶をした。お客さんにお愛想をいうのは、もっぱらテルちゃんの担当で、あのハイテンションを真似るのは、物静かな早智子さんには至難の業だろう。ともあれ、このおばあさんに向かっては本当に頑張って元気を出しているようだったので、こいつはなかなか大変なばあさんなんだなと新入りのわたしにも察しがついた。

後で聞いたところによると、この人は近くにある老舗の民間金融の社長夫人で、お人好しで世話好きな人であるとのこと。初対面のわたしには、そんな風には映らなかったけれど――。

富樫さんは、厳しい教師のような目でわたしを睨むと「へえ」といった。

「この人が、疋田さんの後釜かね？」

「はい、まあ」

早智子さんは、曖昧に笑った。その笑いは、苦笑いに見えた。わたしには、ことさらに引き合いに出された「疋田さん」という名前が、変に印象深く意識に刻まれた。

疋田さんって、何者？　わたしが子どもみたいに密かに目を光らせていると、早智子さんもやはり子どもみたいな律儀さで、富樫さんの発言について訂正を加えている。

「正確には、疋田さんの後釜は妙子さんで、妙子さんの後釜は美咲さんで、美咲さんの後釜がこの亜美さんです」

「ふん、亜美ちゃんかね」

吐き捨てるようにいうわりには、「ちゃん」付けだ。ビーズのバッグからハンカチを出して、でも別に汗なんかを拭うでもなく、「ちょいと」とでもいうように顔の前で一度振った。ハンカチはレースの縁取りがされて、すごく可愛い。

「ちょいと、聞いとくれよ。疋田さんの旦那が、うちに来たのさ。どうやら、疋田家は本格的にヤバイみたいだねえ」

富樫さんは、しわがれた声をさらに低くしていった。時代劇に出てくるオカミサンみたいなしゃべり方だ。

「疋田さんが、マルトミさんに？　それはやっぱり、お金を借りに行ったのかしら？」

早智子さんも、テルちゃんの居る休憩室の方をチラリと見てから、やはり声をひそめた。にわかに店内がドラマの舞台のような雰囲気を帯び、わたしはついつい耳をそばだてた。……疋田さんというのは以前ここでレジ担当をしていた人で、旦那さんが居て、その夫婦あるいは一家が本格的にヤバイことになっている、のか……。

「でも、破産したなら、借金はなくなるんじゃないですか？」と、早智子さん。

（むむ）

疋田さんに新たな情報が加わった。そうか、疋田さんという人は破産したのか、確かにそれはヤバイと思う。

「夜逃げはしたけど、破産申立はしてないんだよ。気の毒だが、往生際が悪いねぇ」

富樫さんは、嘲（あざけ）るようにいった。破産に続き夜逃げなんて言葉まで出てきて、これは本当にヤバそうだ。

それから二人は、疋田夫妻についてあれこれ話し出した。

疋田夫妻は、テルちゃんと早智子さんの古くからの知り合いだったようだ。旦那さんは工務店を経営し、テルちゃんたちとは家族ぐるみで付き合っていた。この店を出すとき、疋田氏は個人的に無利子無担保でお金を貸してくれて、奥さんの方はここでレジ係をしていたこともある。まさに、身内同然って感じだ。

でも、その疋田工務店が経営破綻（はたん）して、夫妻は夜逃げしてしまった。ここで働いていた奥さんも、当然ながら挨拶一つなくフッリと消えたのだった……。

「疋田さんは、お人好しすぎたんだよ。専務をやっていた弟が、自覚のないボンクラ者なのさ。それで無茶をやって負債を大きくして――」

富樫さんの言葉が不意に途切れたのは、度肝を抜くようなサイレンが響き出したせいだ。

それは、真上から降ってきた。わたしは吃驚してしまったけれど、早智子さんと富樫さんは、ちょっと眉をひそめた程度だった。奥の休憩室からテルちゃんがのっそりと現れ「またかー」と呑気な調子でぼやく。持っていた湯飲みをカウンターに置きしな、外履きの健康サンダルをつっかけて、店の自動ドアから出て行った。

「あの？」

問うように早智子さんと富樫さんを見ると、早智子さんは寛容に笑い、富樫さんは呆れたように笑った。そして、二人とも人差し指を上に向ける。

「二階、二階」

二階に入っている骨董店の防犯装置が、よく誤作動するらしい。

「防犯装置なんていっても、立派なものじゃないんだよ」

それは赤外線センサーによる人感のチャイムで、普段はお客が来たことを知らせている。個人商店に入ると、よく聞くアレだ。

で、二階の骨董店――播磨屋にも設置されているのだけれど、店主がときどき警報モードに切り替えるのだとか。スイッチひとつで警報に設定ができるから、せっかくなので使ってみたいというのも人情というものか。ともあれ、当人は警報モードで防犯対策はバッチリだという認識なのだが、実際のところはお客が来ても蝶々（ちょうちょう）が迷い込んで来ても、チャイムの代わりにサイレンが鳴る。チャイムならば穏やかな音で二度鳴るだけだが、サイレンは止めるまで喧（やかま）しく鳴り続ける。骨董店の店主は止め方がわからないので、だれかが手を貸すまで延々と鳴り続けるとのこと。

「スイッチひとつで、元に戻るのにねえ」

「大きい音だから、慌てちゃうんですよ、きっと」

「でも、誤作動って――」

わたしは思わず眉根を寄せた。

火災報知器や防犯ベルは誤作動が多いものだとしても、最初から決めつけてかかるのはいかがなものか。狼少年の物語を繰り返すまでもなく、警報とは本来、警戒すべきときに鳴るものなのに。

「本当に悪いヤツが来てるのかもしれないじゃないですか」

「まさかあ」

「呑気なこといってる場合じゃないですよ！」

事実、このところ変な泥棒のニュースはよく聞くのだ。

すごい巧妙な手口で、被害の報道ばかり続くのに、逮捕されたというニュースはない。そりゃあ、テルちゃんは一見して腕っぷしが強そうだけれど、健康サンダルをつっかけたくらいで犯罪者と対峙するなんて危険すぎる。

「テルちゃん……いやいや、店長が心配です」

こっちは真剣に気を揉んでいるのに、早智子さんも富樫さんもまるで緊張感がない。それでムキになるわたしなのだが、ムキになったためかますます不安になってきた。

二階から発する騒音が不意に止んだのは、心配が頂点に達したときだった。

「あ。止まった」と、わたし。

「播磨屋さんは毎度毎度懲りずにサイレンを鳴らすけど、自分でもうるさくないのかね」と、富樫さん。

「あの……」とわたし。

「播磨屋さんは、耳が遠いんです。耳が遠い年寄りは長生きするって、いつも自慢してますから」と、早智子さん。

「あの人はねぇ、昔っからおかしな理屈をいうのさ」と、富樫さん。

「あの」と、わたし。

「でも、それが本当だとしたら、年をとって耳が遠くなってもちょっと嬉しいですね」と、早智子さん。

「わたしゃ、そんなに意地汚く長生きしたかないね」と、富樫さん。

「あらあら」と、早智子さん。

「あの！」

二人があんまり能天気なので、腹が立ってきた。もはや、こんな平和ボケした人たちを頼ってなんかいられない。わたしが行って、悪党に捕らわれたテルちゃんと播磨屋さんを助け出すのだ、と心を決めた。それなのに、呑気な早智子さんたちは、まだ緊急性に欠けた会話を続けている。

「このビルも、そろそろ取り壊しだし――。播磨屋さんは、どこに移転するのかしら」

「移転はしないって話だよ。来月で店を畳むんだとさ。ああ、せいせいするよ。あんなサイレンをたびたび聞かされたんじゃ、こっちの寿命が縮むってもんだ」

「わたし、店長を助けに行ってきます！」

この薄情者たちめ、わたしが二階で悪党と戦って戦死しようと、あんた方はそんなおしゃべりを続けるんだろうよ。後で泣いたって、無駄だからな。こっちは死んだら、二階級特進だ。レジ係から二階級上がれば、店長ということになるけど、いいわけ？

などと考えていたら、ベタベタとサンダルの底を鳴らしてテルちゃんが帰ってきた。

（なんだ、無事だったのか）

テルちゃんは泥棒と格闘した様子もなく、手には徳利に似た一輪挿しを持っていた。目を怒らせたわたしを一瞥して不思議そうな顔をしてから、すぐに視線を早智子さんへと移す。

「もらっちゃった。餞別だってさ」

「まあ、素敵だこと」

早智子さんは、パッと顔を輝かせた。確かに早智子さんが好きそうな（地味な、もとい、慎ましい）感じだなあと思うにつけ、「あなたが悪人にやっつけられているのではないかと心配したのは、奥さんじゃなくてわたしなんですけど」と文句をいいたくなった。さすがに勤務一日目のレジ係はいいこともいわずにむくれていたけれど、富樫さんなんか平気で不満顔をする。

「おやおや、播磨屋さんときたら。今まで、さんざん心配をかけといて、なんてショボくれたお礼だろうねえ」

わたしは、目を瞬かせて富樫さんを見た。

（なんだ、ちゃんと心配していたのか）

一輪挿しには、すでに紫蘇の花とバジルの葉が飾られていた。テルちゃんは、「昼飯の途中だった」と呟いて鼻歌を歌いながらまた奥に引っ込んだ。――豪傑の風貌なのに、意外と食べるのが遅いらしい。

3　まるで恋でもしたみたいだ

勤務一日目が終わり、わたしは朧月の夜道を歩いて帰った。

背負ったリュックには、売れ残りのお惣菜が入っている。「好きなの、どんどん持ってきな」と、テルちゃんがいってくれたのだ。それで、ゴボウとキノコの煮つけと、メンチカツと、カボチャサラダをもらった。一日中食べ物を見て暮らしたのに少しも見飽きず、おなかはぺこぺこである。

「はあー」

夜道に、自分の息が溶けてゆく。

濃い一日だった。少なくとも退屈はしなかったし、勤務時間の終わりを待って時計を見ることはなかった。

テルちゃん、早智子さん、大家の須藤さん、メンチくん、街金社長夫人の富樫さん――。

雇い主やお客さんたち、なかでも言葉を交わした人たちのことを、無意識のうちに何度も思い返した。やがてふるいにでもかけたみたいに、胸にはメンチくんの残像だけが残った。

脚が長くて、姿勢が良くて、お金持ちそうで、颯爽とした感じのメンチくん。メンチカツが好きなんて、なんだか可愛い。

(あの人は、顔立ちが普通だから素敵なのよね。イケメンだけが素敵ってもんじゃないんだよね)

そう思ってしまってから、ハッとした。

(わたしは、メンチくんのことを素敵だと思っていたのか……)

まるで恋でもしたみたいだと思って、「まさかぁ」と小さく声に出した。仕事に関して、とんだなまけ者のわたしだが、実は恋愛にもとんと後ろ向きな方である。

(あんなの、めんどくさいだけで――バカみたいなだけで――)

取り敢えず子ども時代に初恋などもしたし、今に至るまでお付き合いした人も何人か居たが、膨大なエネルギーを必要とする恋愛なんぞには毎度うんざりした。あれは、わたしのような省エネルギー的人間には不向きなものだ。

同時に、こうもいえる。彼氏が出来るというのは、就職するのによく似ているではないか。自分というものが抑圧され、時間が自由にならず、心にもない言動を強いられ、別れようと思ったころにはクタクタに疲れてしまっている。

就職については意識的に避けてきたけれど、恋愛は無意識に回避するようになった気がする。意識していない分、隙が生じるのは必定というもの。でも、いや、まさか、いくら無意識でも恋なんてするわけないだろう、あんな面倒なこと。

そう思っていたら、やけに脚の短い犬がやって来た。

「ホッホッホッ」

つい、笑ってしまう。

脚が短いといっても、コーギーだとかダックスフンドのように、れっきとした短足犬なのではなく、ころころと太った雑種犬である。犬というのは分別と悲哀と愛嬌(あいきょう)を持っているものだが、その犬には分別がましいところは感じられなかった。その分、悲哀と愛嬌はたっぷりで、八の字眉毛(まゆげ)みたいな毛色の具合で、困りきっているみたいに見える。短い鼻の周囲が黒いのも、昔のコント番組に出てきた泥棒みたいだ。

悲哀の犬は短い脚をじたばたさせてわたしの足元にすり寄ると、ジーンズの裾(すそ)に頬ずりをした。

(なに、こいつ、可愛い)

わたしは悲哀犬の傍らにしゃがみ込み、思わずその背中を撫(な)でた。

「もくもくだねえ、モクタン。きみは、迷子なの？　ご主人さんは、どこに居るの？」

なんて話しかけたのだけれど、どうしてその犬を「モクタン」と呼んだのかは自分でもよくわからない。「もくもく」としていたし、敬称は「チャン」よりも「タン」だと思ったから？

でも、実際に、その犬の名は「モクタン」といった。姿が見えないと思われた飼い主が「モクタン、モクタン」と呼びながら現れたのだ。

わたしは、モクタンの背中を撫でながら、飼い主氏の声を漠然と聞いた。本当に「モクタン」なんだ？　驚きながら顔を上げたわたしは、当の飼い主の顔を見てもっと驚いた。

（えええ？）

モクタンの飼い主は、メンチくんだったのである。

モクタンの飼い主はメンチくん……。

知らない人が聞いたら、可笑しないいぐさだと思う。でも、ともかく、その短足の悲哀顔の犬の飼い主は、メンチカツ好きなあの好青年だったわけである。わたしがたった今、恋愛論を胸に反復するに至った人物、まさにその彼だったのだ。

（これって、神さまの思し召し？）

などと思ってしまうのも無理なことではないはず。仮に、わたしがメンチくんのことを考えてなどいなくて、恋愛論など思い出しもせず、犬の名をいい当てていなくても、やはりここでメンチくんに出会うのは奇遇というものだろう。

ともかく、驚きのあまり、わたしはやたらともじもじしてしまった。メンチくんの方は、愛犬がわたしに懐いていたから、やっぱり驚いていた。でも、こちらが受けたインパクトの方が格段に大きく、何をいっていいのかわからなくて「お日柄もよろしく」などと、間の抜けたことを口走った。「この近所にお住まいなんですか？」とか「仕事が終わるの、早いですね？」なんて、シチュエーションにふさわしいことは、まるで訊けなかった。それでも、短足のモクタンのことは、無理なく褒めることができた。こんな変てこな犬、褒めずにはいられないもの。

「この子、可愛いですね」

犬の名前を的中させたことは、黙っていた。神さまの思し召しなどという方向に話が向いたら、まだ狼狽から覚めきらないわたしは、いよいよ混乱してしまっただろうから。

そんなことなど知らないメンチくんは、「モクタン、褒められたぞ」と背中を撫でている。

「もくもくのモクタンですか？」

「そう」

メンチくんは嬉しそうに頷いた。

「だいたいいつも、木炭なんて変わった名前ですねっていわれます」

「可哀想に」

思わず呟くと、メンチくんは「ありがとうございます」と答えた。これは誤解されてしまったと思い、また慌てる。

「ええと、モクタンが可哀想なんじゃなくて。モクタンって名前の可愛さがわからない人たちが、可哀想だと思ったんです」

「人さまのこと、簡単に可哀想なんていったら駄目ですよ」

そういいながらも、目は笑っている。

「そうですか。こいつ、可愛いですか」

嬉しそうに繰り返すので、わたしも嬉しくなった。

アパートまで、メンチくんとモクタンと並んで歩いた。

＊

勤務二日目の昼下がり、お客やテルちゃん夫婦といっしょに笑い転げている自分に、ちょっと驚いた。実は楽しかったのである。どんなシチュエーションであれ、仕事をして楽しいと思ったのは、これが初めてだった。

しかし、勤務中に笑い転げるなんてアリだろうか？

事務、営業、販売、工事現場、医療機関、金融機関、保健所、警察、工場勤務――思いつく限りの職場を想像して、そこで笑い転げる労働者の姿を思い浮かべようとしてみた。

（ないない。ないわ——）

手術室で笑い転げるお医者さんが居たら——銀行の窓口で行員が笑い転げていたら——困るというより怖い……。でも、キッチン・テルちゃんでは笑い転げることに問題はなく、むしろ奨励されている（ような気がする）。なるほど、ここは面白い職場だ。かつて個人商店が生き生きしていたころ、日本中にこういう場所がたくさんあったのだろう。

＊

滝井さんが来たのは、夕飯支度の忙しさには少し間がある時分だった。

滝井さんは、小太りの中年男性で、ドラえもんを連想させる愛嬌たっぷりの風貌でいて、目つきが鋭くなにやら底知れない迫力があった。

迫力があるといえば、面接のときにテルちゃんに奇妙な迫力を感じたわたしだったが、それはどうやら若いころのテルちゃんがちょっとした不良だった名残らしい。滝井さんがまとっている迫力は、それとは逆の性質のものだった。小柄で丸っこい滝井さんの職業は、警察官なのである。

「最近、空き巣事件が続いてるから、こちらも注意してください」

大きなおにぎり三個と、巨大なメンチカツと、大盛りの切り干し大根の煮つけを受け取りながら、滝井さんはいった。小柄なのに、よく食べる人だなあと、わたしは感心した。

まあ、それはいいとして、滝井さんが今いった空き巣事件こそ、昨日、わたしが二階のサイレンで気を揉んだ泥棒のことなのだ。

「昨日、二階で防犯のサイレンが鳴ったから、もしやと思ってしまいました」

昨日は平気そうな顔をしていたくせに、早智子さんはそんなことをいっている。滝井さんは、なだめるように手を振って見せた。

「あくまで空き巣だから、営業中の商店に押し入ることはしません」

「ちょこざいな、野郎だな」

テルちゃんは、いかにも「やっつけてやる」というように、こぶしを持ち上げてみせた。わたしはそんな三人を、子どもみたいな目で眺める。

滝井さんは警察官として注意してくれるわけだが、肝心の泥棒は捕まっていないのだから、本当に正しい情報なんてだれにもわからないはずだ。絶対に空き巣しかしないと断じていいのか。ちょこざいな野郎と侮っていいのか。わたしは臆病だから、世慣れた人たちの希望的観測を聞いても、安心できない。――この泥棒のことを報じるニュースを見たとき、やたらと思い出したのが子ども時代に聞いた象の昔話だった。

あるとき——目が見えない六人の人が、象に触った。鼻に触った人は「象は蛇みたい」といい、耳に触った人は「象はうちわみたい」といい、足に触った人は「象は木の幹みたい」といい、胴体に触った人は「象は壁みたい」といい、しっぽに触った人は「象はロープみたい」といい、牙(きば)に触った人は「象は槍(やり)みたい」といった。

とかく人間は自分の経験で知ったことばかり、強く信じるものだ。米田亜美はなまけ者——米田亜美は無礼者——米田亜美はお節介——米田亜美は臆病——。わたし自身、自分のことすら完全に把握なんかできないのだ。泥棒みたいな恐ろしい存在を、簡単にわかった気になるのは、危ないじゃないか。

それはそれとして、わたしたちが知っている話題の泥棒の輪郭はこうだ。

被害に遭っているのは留守宅ばかりなのだけれど、その手口がひどく巧妙であるらしい。玄関の鍵(かぎ)も金庫の鍵も、まるでその家の住人みたいに簡単に開けてしまう。お金が減っていても、室内に物色した跡など残さないものだから、最初のころは警察でも泥棒被害だとは思わなかったらしい。家人が自分で玄関を開けて財布や金庫の中身を取り出したのを、うっかり忘れたと判断された。

しかし、そんなうっかり屋のポカ騒動もたて続けば、いくら楽天家でも現実を認めなくてはならなくなった。泥棒は確かに居る。しかも、侵入したことさえ気付かせない怪盗レベルの泥棒だ。それでようやく、善男善女たちは警戒し出した。

でも、こちらの意識なんて無関係に、被害は同じようなペースで起きている。今のところ犯人はもっぱら空き巣を働いているが、そんなハイスペックな悪党なら、もっとどんどん悪いことをしそうではないか。

なんてことを考えてわたしは一人で盛り上がっていたんだけれど、滝井さんの話題はさっさと別なことに移ってしまった。

「ところで、疋田さんは今でも顔を見せたりしてますかね？」

疋田さん？

確か——わたしの前の前の前のレジ係だった人だ。

なぜかは知らないけれど、早智子さんの表情が心持ち引き攣った気がする。富樫さんを相手におしゃべりしていたときは、もっと突っ込んだ話になってもにこにこしていたのに。でも、もっと気になったのはテルちゃんの態度だった。

「いや、全然見ないね」

そういって笑ったのだが——いや、笑おうとしたのだが、目の下の筋肉が引き攣れて変な顔になった。「ああ、これは嘘だわ」と、わたしでさえ思ってしまった。

滝井さんは、買ったばかりのメンチカツを確かめている。早智子さんは、白い顔で旦那さんの顔を見つめていた。そして、わたしも、子どもみたいに無遠慮な目で、三人の年配者たちを見比べる——。

「ああ、そうそう、シンスケくんは元気にしてる？」

ちょっと唐突な感じで、テルちゃんがいった。何かを誤魔化したがっているような態度に見えなくもない。

「シンスケくん、高校に入学したのがつい最近だと思っていたら、もう二年生ですもんね」

早智子さんは、テルちゃんに話を合わせる。

「こっちも、年を取るはずですよ」と、滝井さん。

そこで三人は、かんらかんらと笑った。

シンスケくんというのは滝井さんの一人息子で、滝井さんはシングルファーザーであるらしい。一見するとドラえもんに似た可愛いおじさん、実際には眼光鋭い刑事であるところの滝井さんは、子煩悩な父親でもあった。十七歳男子といったら難しい年ごろ真っ盛りだろうに、滝井親子は誕生日もクリスマスも仲良くいっしょに祝うとのこと。成績が上がれば、パパは息子のほっぺにチューまでしてあげる。

（チュ……チューですか）

わたしはやっぱり、子どもみたいな驚嘆の目で滝井さんを見た。

＊

その日の帰りは、少し遅くなった。そろそろ店じまいという時刻に、テルちゃんの友だちが、大きな真鯛を持って来たのだ。

押し出しのいい紳士で、ポケットがたくさんあるチョッキ型のライフジャケットと黒に蛍光色でロゴらしいものがデザインされたキャップが、やけに似合っている。百科事典の「釣り人」の項目を調べたら、このままの写真が掲載されていそうな人物である。

「よう、タイ坊！　今日は何が釣れた？」

「なんだと思う？　驚くなよ。じゃじゃーん」

バッチリとキマった釣り紳士は、テルちゃんたちから「タイ坊」と呼ばれていた。本名は泰輔さんというらしい。太公望に憧れていて、ついには自分は太公望の生まれ変わりだと思うようになった。

太公望というのは、昔の中国の人である。働かないで釣りばかりしていたら、周の国王に見出されて軍師になった。そんなことって、あるのか？　でも、伝説ではそういうことになっている。

け。太公望は、周の軍師になって大活躍し、後世では伝説の王として敬われたというわけ。
いや、働かないで釣りばかりしてた人が、何をどうやったら伝説にまでなれるのだろう。
でも、太公望は釣りばかりしていたわけではない。読書も好きだった。どっちにし
ても、一文の得にもなりゃしない。奥さんにまで逃げられてしまったのだが、奥さん
の身になれば無理もないことだ。でも、結局のところものすごく出世をしたから、逃
げた奥さんが復縁を求めた。そのときに太公望は、「覆水盆に返らず」、つまり「今さ
ら、何だい」と断ったことで有名なのだとか。
なんだか、腹立つオヤジだな。働かなかったせいで奥さんに苦労をかけたのは事実
なんだから、せめて「あのときは、ごめんね」くらいいったら、どうなんだよ。
テルちゃんの友だちのタイ坊は、そんな腹立つオヤジに憧れているのである。釣り
人のことを、今でも太公望というけれど、タイ坊は熱の入れようが違う。なにせ、生
まれ変わりだと信じているのだから。
さて、タイ坊というあだ名は、幼少時に両親や祖父母に付けられた。タイスケだか
ら、タイ坊。以来、大人になるまで身内も幼なじみも学友も彼をタイ坊と呼び続けて
いたのだが、太公望の何たるかを知らないうちは、タイ坊自身も気にさえしなかった。
しかし、太公望にロックオンした後は、そのあだ名は個人的に、聖なる称号となっ
たのである。おれは、「タイコウボウ」的な人間なんだ。現代の日本では「タイコウ

ボウ」なんて名前は不自然すぎるから、天がおれに「タイボウ」という字を授けたに違いない。——字という辺りに、中国の偉人に対するリスペクトが表れている。

そんなわけで、タイ坊さんは釣り名人なのだ。

わたしは、その釣果を目の当たりにして、驚嘆の声を上げた。

「すごい——鯛ってこんなに巨大になるんですか？」

「こんなの、まだ赤ちゃんみたいなもんだよ」

わたしの素人らしい驚嘆は、タイ坊氏の得意さに拍車をかけた。まるでテレビショッピングの人みたいになめらかな口調で、今日の戦いの様子を話し出す。その傍らで、テルちゃんが刺身を造ってくれた。

「亜美ちゃん、タイ坊の自慢は話半分くらいに聞いとけよー」

「こら、テルちゃん。そんなこといったら、鯛を持ってかえっちゃうぞ」

「ふん。タイ坊の魚を一番上手にさばけるのは、おれなんだぞー」

子ども時代の友情が、ずっと続いているのを眺めるのは、なかなか良い。

「昆布締めにしたら、もっと旨くなる」

「おれは、シンプルな刺身が好きだよー」

「昆布締めにしようよ」

「まーずは、味見を」

ビールを酌み交わし、お刺身の美味しい食べ方について、おじさんたちは熱い持論を展開する。そんな二人に付き合っていたら、帰宅時間が遅くなってしまったというわけである。

（夕飯は、鯛のお刺身だぁ――）

そう思ったら、頬が勝手にゆるんだ。東京の両親にも食べさせてあげたいと思い、今ここでまたメンチくんと偶然に会えたら、半分分けてあげるのになあと思った。

「え――？」

その時である。

背後で、怪しい気配がした。

音もしない。もちろん、声など掛けられたわけではないが、ふっと背後に人間の存在を感じたのだ。

それはペタリと背中に張り付いてきた――ような印象を強く受けた。

咄嗟に振り返る。しかし、朧月の夜道は無人。不自然なくらいにだれも居なくて、角にある閉店してしまった酒屋の前の自動販売機が、静かに光っていた。

ふと、滝井さんにいわれた泥棒のことが頭をよぎる。超人じみた空き巣――地元民の意識に脅威の存在として住み着いてしまった凄腕の悪党――。

（やっぱり、超人の空き巣なら、ひったくりだってするかも）

わたしは急に怖くなり、リュックのストラップを両手で強くつかむ。そうして犬みたいに背筋を一度大きく震わせてから、アパートまで走って帰った。

4　地獄のトロイメライ

水曜日は、定休日だ。

天気が良かったら植物園に行こうと思っていた。そんな気でいても、きっと寝坊してしまい、掃除したり用事を足したりしているうちに、夜になってしまうのだろうけれど。

目が覚めて「もうお昼近くじゃないか」と嘆く準備をして時計を見た。六時を過ぎていたので、さすがに呆れる。夕方まで朝寝してしまうとは、われながらあんまりだ。

ところが、カーテンの隙間から差し込む光が、清々しい青みを帯びているのに気付く。まさか、朝の六時なのかと目を見張った。朝の六時といったら、キッチン・テルちゃんに出勤するための起床時間より一時間も早い。

（テレビで、朝か夕方か確かめようではないか）

リモコンを探した。余談だが、わたしは三日に一回くらいの割合でスマートフォンの置き場を忘れ、同様に五日に一度ほどの割合でテレビのリモコンをなくす。で、よりによって、今この瞬間が十五日毎にくる両方をなくす時に当たっていた。

（もう……！）

寝起きの短気さで、癇癪を起しかけた。テーブルの下をのぞき、小物入れをかき分け、枕をどけて、掛布団をブッ飛ばし——ようやく見つけ出したリモコンは、クッションとクッションの間で居眠りでもするように横たわっていた。

こんちくしょうめとテレビの電源を入れたら、朝のニュース番組を流している。

「おはよう」と銘打っているから、これはもう明らかに朝だ。

（お休みなのに、早朝に目覚めてしまった……）

いったいどうしてしまったのかと、恐ろしい気がしてきた。

ひょっとしたら、心の病気なのだろうか。夢遊病の発作なんかを起しているのだろうか。いや、小説や映画なんかで見る夢遊病の人は、もっとボーッとしていて、意識すらない様子だったと記憶している。それに引きかえ、わたしは驚いたり慌てたりと、すくなくともボーッとはしていない。

では、キッチン・テルちゃんで働くようになり、ストレスで不眠症にでもなったのか。しかし寝つきは良いし、これといって精神的苦痛もない。

あるいは、精神的ではなくもっとわかりやすい病気——たとえば風邪を引くなどして、苦しさのあまり目が覚めてしまったとか——。人体というのは予測不能な動きや働きをするらしいから、思わぬ病魔を抱えてしまったのかもしれない。

不眠症でなくても——うちの祖母なんかは無駄に早起きである。朝は寝ていられないそうで、暗いうちに起き出して押し入れの中を片付けたりしている。どんな悪夢を見ても布団にもぐっていたいと思うわたしからすると、まことに理解しがたい——？

（いや、そうじゃなくて。おばあちゃんは、きっと毎朝毎朝が今朝のわたしみたいなんだ）

だとすれば、今日の早起きはただの老化？　それとも、やはり職場のストレス？

わたしはそこで一つ大きなクシャミをしてから、急いで部屋着に着替えた。

頭がはっきりしてくると、寝ぼけ交じりの自問自答の勢いが衰え、かわりにおなかが空いてくる。お湯を沸かしながら、やっぱり植物園に行こうと思ったら楽しくなってきた。

＊

植物園は、私鉄からバスに乗り換えた終点にある。

やたらとさまざまな植物が植わっているほかは、きれいな公園といった場所だ。一番のお気に入りは広い温室で、南半球の摩訶不思議な形の植物が実に面白いのだ。このところの流行らしいオージープランツ（オーストラリアの植物）なんか、妙ちきりんで特に好きだ。

正門を過ぎ、宿根草やハーブの花壇を経て中心に向かうと、お目当ての温室と、白鳥と鴨の居る池がある。どちらも渡り鳥っぽいのに、いつ来ても同じ鳥が居る。池の周辺は子ども連れの人が遊べる広場になっていた。温室の奥にはバラ園がある。でも、花が咲くにはまだ少し早い。

花壇では、スタッフの人が黙々と作業をしていた。一輪車に積んできた堆肥（たいひ）と思（おぼ）しき土色のものを、どんどん土に混ぜてゆく。それが済むと、苗を入れたポットを並べ出した。これをあっちに、こっちをそっちに——。生長した姿を考えて配置しているのだろう。面白そうな仕事だなあと思った。

わたしは、植物がたくさん植わっている場所や、自然や、風景画になりそうな風景というものが好きである。簡単にいうと、人間の気配が希薄で、なおかつあまり人間にかかわらずに済む状態が好きである。

仮に、わたしがここで働くとしたら、きっと「このハーブの苗を植えるのは、自分の人生にとってどんな意義がある？」なんて疑問は、浮かぶことはないだろう。ハーブの苗は、たぶんわたしの人生には何の意味も持たない。でも、せっせと苗を植え、風景と環境を整え、遠くに来訪者の歓声を聞くたびに、充実感を覚えるに違いない。

つまり、わたしはこれまで気が乗らない仕事から逃げたいがために、持論だとかポリシーだとかいって、ただイチャモンをつけていただけなのかもしれない。もしもここで働けたとしたら感じるだろう充実感を、わたしがイチャモンを付けた仕事に対して抱いていた人だって居るはず。推しの悪口をいわれたらムカつくみたいに、さぞやその人たちはわたしに対して腹が立ったことだろう。

(そっかあ。面接でいったことは、ただのイチャモンだったのかあ)

そのキッチン・テルちゃんは、人間の気配が希薄な職場とは正反対の場所だ。でも、キッチンで働いている間、わたしは人生におけるレジ打ちの意義なんて考えたことがない。帰宅時間を待ちかねて、時計を見たこともない。

キッチンでの仕事は——いや、キッチン・テルちゃんという職場は、何だか楽しい。人間同士の密度がやけに高いのも、それがまた楽しい。仕事はともかく、職場が楽しい。まるでうちの母や伯母の同類になったみたいに、ご近所の噂話をしたりお節介を焼いたりすることに、胸が躍るのである。

そう考えて、不意に不安がこみ上げて来る。

わたしは、中高年に近付きつつあるのではないのか……？　つまり、おばちゃん化しているのではないか？　今朝の早起きだって怪しいではないか。二十代の人間が早朝に目覚めて二度寝も出来ないなんて、やはり異常だ。わたしはおばちゃんになりつつある……いや、三十路前におばあちゃんになりつつあるとしたら、由々しきことだ。

なんて考えていたとき、奇怪千万な音楽が聞こえてきた。

町内放送や学校のチャイムにも似た感じの音響なのだが、これがすごく不気味なのである。ピアノとおぼしき音色で、曲が『トロイメライ』であることは確かなのだけれど、なぜか地を這うような低音で、なおかつメロディが調子っ外れなのである。

（うわあ。地獄のトロイメライって感じだなあ）

これが逢魔が時とか丑三つ時に流れたら、百鬼が夜行でもしそうだ。子どものときに聞いたら、怖くて失禁したかもしれない――なんて考えていたら、実際にあっちこっちで幼い泣き声が上がり出した。なだめるママや、いっしょに怖がっているママ、そして悲鳴を上げるのは、地獄のトロイメライにビビっておもらしした子のママらしい。

「あらら、大変」

中年女性の三人連れが、地獄のトロイメライに関する会話をしながら歩いて来る。

「町内放送の機械が壊れているらしいのよ。うちの子は、地獄のトロイメライだなんていって、案外と喜んでるんだけど」

ほう。わたしと同じことを考える子も居るようだ。女性たちの風貌から察するに、それは中学生くらいの子だろうか。つまり、わたしの感性は中学生並みなのか。

「子どもも、こういうのを聞いておもらししているうちが可愛いわね」

そんな中でも、地獄のトロイメライは地を這うように響き続ける。

「ここで聞こえるのは、まだ静かだわ。うちからだと、もっと不気味に聞こえるのよ」

「場所によって、聞こえ方が違うなんて、ますます不気味ねえ。おたくは、床村さんのお隣でしょ、床村内科。床村さんのところ、先生が亡くなった後は空き家なのかしら？」

「息子さんが住んでるみたいよ」

「あの子、お医者にならないでカメラマンになったそうね」

「カメラマン？　なんだか素敵じゃない？」

「でもねえ、前に本屋さんで写真集を見つけたんだけど、廃墟とかお化け屋敷みたいなものばかり写した不気味な写真集だったわよ。あまり素敵には思えなかったわね」

「あらまあ」

「先生は後を継がせる気で、あんなに立派な病院を建てたんでしょうに」

「でも、ひとには向き不向きってあるもの。お医者さんって、血とか見なくちゃいけないでしょ？　そういうのが苦手な人には、無理だと思うわ」

「その点は大丈夫なんじゃないかしら。医学部は卒業したらしいもの」

三人のおしゃべりが通り過ぎてしまうと、地獄のトロイメライもピタリと止まる。泣いていた幼児たちは、鳴り終える前に慣れてしまって、またはしゃぎ声をあげていた。

（うーん、地獄のトロイメライか。ちょっとしたイベントだったな）

わたしも元気になった幼子同様、快活に温室の入り口に向かった。

そして「おや」と呟いた。

手描きっぽいイラストの上に、主張の強い赤い文字で「スタッフ募集」と書いてあるポスターを見つけたのだ。

（スタッフ、募集？）

さっき見た、ハーブの苗を植えている人のことが、頭に浮かんだ。空想の中では、ここのスタッフではなく自分自身が移植ごてと苗のポットを持っている……。

わたしはキッチン・テルちゃんでの仕事が、いやキッチン・テルちゃんという職場が楽しいと思っているのは確かだ。でも、もしもこの植物園で働けるとしたら、職場のことも仕事のことも、「楽しい」ではなく「面白い」と感じるに違いない。仕事が「面白い」というのは職場が「楽しい」よりも、もっと揺ぎないと思う。

そんなことを考えるとすぐ、頭に浮かんだのは通勤のことだった。

わたしは運転免許を持っていないし、ここまで通うとしたら今日と同じく電車とバスを乗り継いで……ということになるだろう。ここは路線の終点にあるわけだから、遠いのだ。当然、キッチン・テルちゃんに通うよりもずっと苦労することになる。

そこまで考えて、自分自身に「んん？」と眉根を寄せた。

わたしはここで働きたいのか？　バスの終点までの距離を来る日も来る日も通勤してまで、ここで働いてみたいと本気で思うのか？　なまけ者のわたしが、仕事に対してそんな情熱を持つなんて、自分でも信じられないんだけれど。

「ここで働けたら、きっと面白いわね」

そう声を掛けられて、驚いて振り返った。

スタッフ募集のポスターを見上げて立ち尽くして居たのだから、こっちが何を考えているかなんて誰にでもわかる。それでもわたしは、声を掛けてきた人が、サトリのオバケみたいに思えて仰天した。——サトリのオバケというのは、子ども時代に紙芝居で見た妖怪(ようかい)で、こちらの考えを読んでしまう恐ろしいヤツだ。

その人はサトリのオバケというよりは、有閑マダムといった感じの中年女性だった。年齢はうちの母よりは少し若いだろうか。テルちゃん夫妻くらいの年頃に見える。でも、おしゃれだから、まるで女優が歳を超越しているみたいに年齢不詳な感じもした。

「応募するの？」

と、その人はわたしの傍らに立って、同じポスターを眺めながら訊(き)いてくる。この人も、植物園で働こうとか考えているのだろうか？　でも、勤労とはあまり縁がなさそうなタイプに見えた。胸元を飾る黒い革製のバラのブローチが、強く印象に残る。それで、黒バラ夫人と内心で命名した。

「いや、別のところに就職したばかりなので――」

語尾をにごす。もしもキッチン・テルちゃんで働いていなかったら、応募したかもしれないなあと思った。

「ここで働いたら、人間関係が淡泊な感じがして、いいわね。人生において大事なことって、楽しいことや面白いことだと思う。こういう場所を面白いと思うなら、応募する価値はあるわ」

奇しくも黒バラ夫人は、さっきわたしが考えていたのと同じようなことをいった。この人はやはりサトリのオバケか。あるいは、わたしの同類なのか。

「我慢しなくちゃいけないとか、苦行としか思えないことは、仕事にしたくありませんよね」

「わたしも、それが正解だと思う。苦行といっても、本当に自分にとって価値ある苦行なら、辛いなりにも面白いでしょうから」

「はい。そう思います」

わたしはすっかり嬉しくなった。この人は、いかにも人生の成功者って風に見える。人生の成功者に、このなまけ者人生が間違っていないと、いってもらえたような気がしたのだ。

そんな具合に、わたしたちは俄かに意気投合し、当然のように並んで歩いた。普段はどこに行くにつけ一人で居る方が好きなのだけれど、黒バラ夫人が傍に居ることは意外なくらい苦にならなかった。

「ふう」

　黒バラ夫人は、深呼吸をした。

「ここは、異次元の新世界って感じがするわね」

「はい。しますね」

　壁からも天井からも陽光が降り注ぐドーム型の温室を二人でそぞろ歩き、わたしたちはずっと小さな声で話し続けている。それでも、お互いに温室の景色も十分に楽しんでいたと思う。少なくとも、わたしは一人で居るときと同じくらい植物だらけの空間を堪能(たんのう)していた。

　暑い国の風景を模した椰子(やし)や羊歯(しだ)のトンネルを通った先が、ちょっとした広場になっている。巨大な徳利(とっくり)形の幹を持つ変てこな木の周りで、若い家族連れが歓声を上げて記念写真を撮っていた。

　わたしは、それを見てちょっと白けた気持ちになる。家族とか絆(きずな)とか、まるで人類の憲法に謳(うた)われているかの如く強調される特別な人間関係が、わたしはいささか苦手だ。家族とは滅私奉公をし合う人たちの単位ではないのか？　絆と束縛はどう違うのか？

「わたしは、夫や恋人が欲しいとは、思えないのよ。正直なところ、家族も持ちたくないの」

不意に、黒バラ夫人がそういった。

「どうしてですか？」

「そうした近しい人が傍に居たら、楽しいときは楽しいかもしれないけど。そのためには、絶対に不愉快なアクシデントも生じるもの。良い人だけど、癇癪持ちだとか。悪気はなくても失礼な人だとか。ある程度の距離を置いて付き合えば感じの良い人も、べったりした関係になると欠点だけが気になってくるものでしょう？」

そこまでいって、黒バラ夫人は上品な声で小さく笑った。

「いえね、別に人間関係でトラウマがあるというわけではないのよ。これでも、人付き合いに関して臆病じゃないと思うし」

それは、そうだろう。見知らぬ人間に話しかけて、人生論みたいな濃い話をしているくらいだから、この人はよっぽど人懐っこいはずだ。

「ただねえ、自分と意見や価値観の違う人に共感を求められるのは、控え目にいっても苦痛だと思わない？」

黒バラ夫人がいうのは、わたしが普段から考えていることと同じだった。わたしはついまじまじと彼女の横顔を見つめて、驚いたような納得したような気持ちになる。

こんな風に華やかな人なら、わたしなんかよりもずっと人付き合いが多くて、そこから生まれる多くの絆と同じほど、多くの束縛を受けてゲンナリしているのかもしれない。

そう思ったら、なんだか気持ちが軽くなった。ひとさまが自分と同じ苦労をしているから安心するなんて、さもしいことではあるのだが。

「思います」

わたしは、さもしく頷(うなず)いた。

「会社の宴会とか――無理にも仲良しのフリをしなくちゃならないケースは、最悪です。それで会社を辞めたといっても過言じゃないです」

黒バラ夫人が経営者の哲学みたいなことを呟いたので、わたしは「おや」と思った。

「管理と支配は違うのよね。そこがわからないと、優秀な人材に見限られちゃうのよ」

この人の正体は、実は辣腕(らつわん)の女社長なのかもしれない。あるいは、辣腕社長の奥さんなのかもしれない。人懐っこいのに人と人との距離感や節度に一家言ある、こういう人が経営する会社ならば、きっと働きやすいのだろう。

一方のわたしは、とても臆病な人間だ。

キッチン・テルちゃんでの面接のように、出会いがしらに小理屈を並べて煙幕を張るのは、ある意味、名刺を手渡すようなものでもある。「わたしはこういう人間です。

お気に召さないなら、近付かないでください」というわけだ。

当然ながら黒バラ夫人に対しても警戒を怠ったわけではないが、話すことがいちいち共感できるので、とても良い意味で不思議な感じがした。不思議なくらい、気が合いそうな人だなあと思った。外見も年齢も、たぶん社会的な立場も経歴も全く違うのだから、まことに不思議な出会いもあるものだ。

「暖かい国では、こんなユニークな木が普通に育っているんでしょうね。そんな土地に生まれていたら、わたしたちも、まったく別な性格や価値観を持っていたかもしれないわね」

黒バラ夫人は、さっきの家族連れが記念撮影をしていた木を見上げてから、こちらを振り返りにっこりした。

（………）

黒バラ夫人の言葉のとおり、まったく別の自分を想像してみた。

テルちゃんみたいに陽気な自分。早智子さんみたいにお淑（しと）やかな自分。やっぱり、なまけ者の自分。案外と、メンチくんと恋人同士になっている自分。

そこまで考えて、一人で密（ひそ）かに照れる。

「どうしたの？」

「いいえ」

温室を出ると、黒バラ夫人は「また会えたらいいわね。じゃあ、さようなら」といって、あっさりと離れて行った。その重たくない感じもまた、いいなあと思った。

*

大家の須藤さんに頼まれて、昼食用のお弁当を五階まで配達に行った。

お弁当は、二つ。

須藤さんは、基本的には外食をしている。洋食屋、割烹、蕎麦屋、うなぎ屋、すし屋など、あまり庶民的ではない店に、当然の顔をして出かけてゆく。背広を着てネクタイを締め、まるで戦前の文豪とか文化人みたいだ。

そんな洒落者の須藤さんでも、自宅で無精を決め込む日もあるらしい。そういうときは、キッチン・テルちゃんに配達依頼のFAXをよこす。なぜかいつも、電話ではなくFAXなのだそうだ。そのこだわりのわけは、テルちゃんたちも知らない。

で、今日の須藤さんは無精の日——お弁当の日なのだった。

FAXは、やたらと太いサインペンで、やたらと下手な字で綴られていた。

『5階の須藤です。いつも大変にお世話になっております。正午までに幕の内弁当を2つお願い申し上げます。なにとぞ、よろしくお取り計らい願います』

大変な悪筆のために、解読するのに思わぬ時間を使った。須藤さんが幕の内弁当を二つ食べたいという大意だけは、何とか読み解けた。それにしても、あんな痩せたおじいさんが、お弁当を二つも平らげるとは意外だ。

「健留くん、相変わらず字が下手だなー」

テルちゃんはよく響く声で笑いながら、引き戸のついたキャビネットからお弁当用のケースを取り出した。

「タケルくん？」

キッチン・テルちゃんでは、お弁当と銘打ったものは売っていない。でも、おにぎりは用意しているから、お昼時になると小分けのおかずと一緒に買い求める人が多い。キャビネットにしまい込んだケースは、須藤さん専用なのだとか。弁当を買うなら幕の内弁当でなくてはならない、というのが須藤さんのこだわりらしい。

「健留くんというのは、須藤さんの自慢の孫さー」

「ああ、不動産会社勤務の？」

その孫に花を持たせるために、須藤さんはビルの解体や一切合切を頼んだと話していた。

つまり、その健留とやらが不動産会社に就職しなかったら、テルちゃんたちも移転などしなくて済んだし、わたしもまたすぐに失業することなんかないのに。そう思うと、その健留とやらのことが、無性に憎らしく感じられる。

「健留くんは、俳優並みのイケメンなんだよ」

「本当に、健留くんはイケメンよね」

テルちゃん夫妻が口をそろえていうので、よけいにムカムカした。「わたし、イケメンってきらいですから」と怒った声でいった後、別にわたしの好きなタイプを訊かれたわけじゃないよなあと思って、ちょっと気まずくなった。

＊

年代物のエレベーターから出た先が、須藤家の玄関だった。

格子戸を開けると、半畳ばかりの箱庭の横に飛び石二つと黒い玉砂利が敷かれている。

格子戸から二歩くらいの場所に、玄関の引き戸がある。目の高さにインターフォンがあって、ボタンを押すと若い男性の声がした。

「はい。どちらさまでしょうか？」

「キッチン・テルちゃんです。幕の内弁当を作ってお届けに来ました」

こいつが健留とやらかと思ったせいで、ついつい「幕の内弁当を」と「お届け」の間に「作って」などという恩着せがましい言葉を挟んでしまった。本当は「幕の内弁当を」の前に「わざわざ」を付けたかったくらいだが、須藤さんに免じて自粛した。

　開いた引き戸の向こうから現れた健留とやらは、なるほど確かにイケメンだった。濃い眉、二重瞼で黒目がちな目、鼻筋はスッと通り、ちょっとだけ厚すぎるものの完璧な形をした唇が、なぜかパクパクいっている。それらが小さめの顔面に整然と配置され、中肉中背だからイケメンっぷりもあまり強調されず感じが良い。

（濃い顔）

　当人を前にしても相変わらず反感が消えないわたしは、意地悪なことを考えた。そんなわたしを見て、健留とやらはなぜか口をパクパクし続けている。

「亜美ちゃんかね、こっちに上がりなさい」

　奥から須藤さんの声がした。続いて「健留、上がってもらいなさい」と強い声になった。おじいさんのことが、よっぽど怖いのだろう。健留が慌て始めたので、ほんの少しだけ同情してあげた。

　須藤さんの住まいは、最初から住宅にするつもりだったのか、それとも改装してこうなったのか、間取りが広くて実に快適だった。納戸や風呂やトイレといったバックヤードを別にすると、部屋は居間兼客間と寝室があるばかりで、それでフロア全体を使っているのだから居心地が良いのは当然だ。近くに高い建物が少ないので、五階でも窓外の風景はなかなかに楽しめた。

日々働いている場所の上に、こんな快適な空間があったとは、楽しい発見である。そして、返す返すも、ここが失われつつあることが惜しく思われた。それもこれも、この健留という孫が――。

健留は甲斐甲斐しくお茶など運んで来て、わたしは須藤さんに勧められるまま籐細工の椅子に腰を下ろした。

「わざわざ幕の内弁当を作らせてしまい、申し訳なかったね」

須藤さんは、最前のわたしのささやかな嫌みに、ささやかな当てこすりを返した。

「うちの健留があんたに一目惚れしてしまい、お医者さまでも草津の湯でも治せそうにないから、弁当の配達なんて口実でご本人に来てもらったのだよ」

などとセクハラに聞こえかねないことをいい出した。

こちらはここ数年の間「妙齢の女性」ってのをやっているので、こうしたセクハラ的なリップサービスに慣れていないこともない。「へー」といって健留を見たら、そちらはひどく慌てていた。でも、こんなシチュエーションなら、慌てて当然である。

「それは、それは、光栄です」

何ら反応がないのも失礼な気がして早口でいってから、改めて健留の整った顔をじっと見つめる。

「こちらが、須藤さんにビルの取り壊しを勧めたという優秀なお孫さんですね」

渾身の嫌みを込めたのに、須藤さんは単純な褒め言葉だと受け取ったようだ。

「いかにも、さよう」

武士みたいな返事をして、満足そうに腕組みをする。健留の幼少時のエピソードを披露し、学生時代の活躍、卒論のテーマから就職試験のこと、会社における活躍のあれこれまで、上機嫌で語った。一癖ありそうな老紳士も、孫の話になると底が抜けたような笑顔になる。

健留の方は受け取った幕の内弁当をいまだに抱えて、「いやあ、じいちゃん」「よせよ、じいちゃん」と照れ続けた。二人が常にこんなバカヤローで居るわけではないだろうが、れっきとした老紳士とれっきとした社会人のバカっぽい姿は、なんとも微笑ましかった。ただし、この健留が祖父やテルちゃんたちの居場所を奪いつつあるという点については、また別な話だけれど。

わたしがそんな具合に複雑な笑顔で居ると、健留がおっかなびっくりといった目でこちらを見た。

「疋田さんは、お店に顔を出すことがありますか？」

「疋田さん？」

また、その名前が出た。

「…………」

わたしはずいぶんと怪訝そうな顔をしていたようだ。かぶりを振ったらそれが説明を要求しているようにでも見えたのか、須藤さんと健留は顔を見交わして、仲良く交互に話し出した。

「というのは、ですね」

と切り出したのは、健留だ。

「疋田さんは、アパートの経営もしていたんですよ。うちの会社が管理を任されていたんですが――」

「疋田さんが、夜逃げしちまったから」

須藤さんは孫の手から弁当を受け取ると、「いただきます」のポーズを取る。健留は一つ残った弁当に向かって、同じように合掌した。

「債権者が入居者のところに直接押しかけて、家賃をよこせと迫ったりしてるのです」

「そんなことして、いいんですか？」

思わず口をはさんだ。

良くはあるまい。疋田氏が借金を残して消えてから、騒動の波はあちらこちらに広がっていた。当人が居なくては進まない話もあり、健留が働く会社でも対応に困っているらしい。

「わたしが知る限りでは、お店には見えてないようですよ」

そう答えると、須藤さんは「見えたら、見えたで、それも問題なんだが」と呟いた。

「問題？」

「テルちゃんと疋田家の間には、いろいろあるのさ」

須藤さんは口をへの字に曲げる。

「ときに亜美ちゃん、今夜は空いているかね？」

「え？　ええ、はい」

「よし。では、亜美ちゃんの歓迎会をしてあげよう。これは健留のアイディアなんだがね」

須藤さんはそんなことをいい出した。

従来のわたしなら、職場の大家なんぞに歓迎される理由などないと迷惑がるところだが、そのときは軽く頷いた。

「ありがとうございます。じゃあ、今夜、楽しみにしてます」

そんな風に答えながら、会社の飲み会に嬉々として参加していた元同僚たちのことを思い出した。

＊

店に戻ると、見覚えがある少年がケースの中のお惣菜を物色していた。

小太りで、見た目や動作までドラえもんみたいで可愛らしい。でも、当人に会っているわけではないのだ。以前この少年に似ている人が、やっぱりそっくりな様子でメンチカツをトレイに載せていた。でも、それはメンチくんではなくて――。

「あ、そうだ。滝井さんだ」

つい声に出して呟いたら、少年はこちらを振り返って「はい」と頷いた。その姿が滝井さんに――警察官の滝井さんにあまりにもそっくりだったから、思わず笑ってしまった。だって、あのコワモテ刑事がそのまま若返ったような少年が目の前に居るのだ。

「ひょっとして、滝井さんの息子さん？」

わたしが聞くと、少年は驚いたような、でも少し怒ったような顔で頷いた。そんな微妙な気持ちに拍車をかけるようにして、テルちゃんが「キャハハハ」と笑いだすものだから、少年は本格的にヘソを曲げたようだ。丸い顔が不機嫌になる。

「そう。こちらが、滝井さんの一人息子のシンスケくんですよ」

早智子さんが、そう紹介してくれた。わたしは旧知の人に再会したような気になって、思わずにこにこしてしまう。

「父が大変にお世話になってます」

シンスケくんは、殊勝に会釈をした。何でもないようなことだけれど、思春期の少年にはなかなか出来ることではない。テルちゃん夫妻は滝井さんのことで巧みな質問を繰り出し、シンスケくんは包み隠さず話す。

「うわー。意外ー」

わたしたち三人は、声を揃えていった。あの刑事さんが家に帰ると実はダメなオヤジだったりするのが可笑しい。

「皆さんは他人事だから、笑っていられるんですよ。でも、ぼくとしたら、あの人、たった一人の保護者なんですから」

「シンスケくんの方が、保護者なの？」

「そういう控え目な言葉しか見つからないから、甘んじるよりないですね」

「親父さん、ほかにどんなドジをしてるんだい？」

テルちゃんが、悪ノリしてそんなことを聞いている。シンスケくんは深いため息をついて、「枚挙にいとまがありません」と文学的ないい方をした。

「最近も、ですね——」

「最近も？」

「サラダオイルのビンにふたをし忘れた挙句に蹴っ飛ばして、台所の床中にぶちまけたり。玄関の中で靴に防水スプレーを使うもんだから、家中にシンナーみたいな臭いが充満して大変なことになったり。それで文句をいおうものなら、逆ギレして怒鳴り出して、そして最後には泣き出すんです」

「泣くのは反則だなー」

「逆ギレや恫喝も反則ですよ。昭和の男にとって、息子の生殺与奪の権利は親にあるらしいですけど」

「駄目じゃんか。警察官なのに、けしからんぞ」

「ふん」

丸っこいシンスケくんは、シニカルに笑った。

「家の中のことはぼくが主婦代わりに切り盛りしてます。このところ、ヤングケアラーが問題になってますけど、ぼくなんか奴隷少年ですからね。奴隷だから、どんなに頑張っても文句ばかりいわれるんです」

「ひどい」

思わず、憤慨の合いの手を入れた。滝井さんは息子との円満な家庭を自慢していたのに、息子にいわせたら話がまるで違ってくる。

「搾取する側は、搾取してるなんて思わないものなのよ。世の殿方は、奥さんをさんざんこき使って、自分たち夫婦は円満だなんて本気で思っているんですから」

早智子さんが陰にこもった声で呟いたので、テルちゃんはぎょっとしたように奥さんの顔を見た。耳の奥に黒バラ夫人の言葉が、ふっとよみがえった。

——近しい人が傍に居たら、楽しいときは楽しいかもしれないけど。そのためには、絶対に不愉快なアクシデントも生じるもの。

(だよね)

人の集まるところには、日向(ひなた)が出来れば日陰も出来る。馬が合う人、合わない人。血縁だからといって、馬が合うなんてはずもなし。わが家では衝突なんか起っていないと胸を張る人は、だれかがその衝突を受け止めるためのサンドバッグになってくれていることに気付いていないだけなのだ。

5　うちの表六玉、クロマグロを釣るんだって

閉店時間になって片付けなど始めたら、健留が店に現れた。

さっき五階の祖父の住まいに居たときよりも、パリッとしていた。でも、ひどくしょげていた。ときたまストライキを起す入り口の自動ドアがその時も不調で、健留が前に立ってもウンともスンともいわない。店の中から「どうしましょう……」と慌てていたら、健留は自動ドアを手動で開けて入って来た。

おじいさんと二人でわたしの歓迎会をしてくれるといっていたから、早めに来たのだろうか。歓迎会のことをテルちゃん夫妻に話していなかったけれど、残業の予定はないし問題はないだろう。もしも、問題があるとすれば、

――うちの健留があんたに一目惚れしてしまい、お医者さまでも草津の湯でも治せそうにない――。

などといっていた須藤さんのたわ言の件だが、それはたわ言だと思っておいてもいいと思う。でも、どうして健留はこんなに暗い顔をしているのだろう。

「亜美さん、すみません!」

健留は店長夫妻への挨拶もしないで、まっすぐわたしの居るレジの前に来た。両手

をぴしりとズボンの脇に付け、すごい勢いで九十度のお辞儀をする。風圧で、近くにあった低い飾り棚から、小さなぬいぐるみと立体折り紙の飾りが吹っ飛んだ。

わたしは慌ててそれらを拾い集め、顔を上げた健留は、目の前からわたしの姿が消えていたので周章狼狽した。

「こっち、こっち」

ウサギのぬいぐるみを拾いながら手を振ると、健留はこちらに向き直って、さらに深くお辞儀をする。

「亜美さん、申し訳ありません！　お誘いしました歓迎会ですが、どうしても断ることが出来ない仕事が出来てしまい、涙を呑んで欠席することになってしまいました！」

涙を呑んでって……。

テルちゃん夫妻は呆気に取られていたし、わたしもまた呆気に取られた。こんな暑苦しい人、かつて見たことがない。テルちゃん夫妻は健留とは顔見知りのはずだが、やっぱりそのテンションに度肝を抜かれていた。

「歓迎会？　おれたちを差し置いて、健留くんが亜美ちゃんの歓迎会とは、怪しいなー」

テルちゃんがにやにや笑いをし始めたので、こいつはウザいことになると警戒する。ところが健留のスマートフォンが鳴り出し、同時に須藤さんが来店したので、話の方向が逸れた。

「そんなわけで、亜美ちゃん――」

須藤さんは、孫の方を親指でさしていった。

「悪いが、次の機会にしようや」

「いやー、歓迎会やろうよー」

そういい出したのは、テルちゃんだ。

「こっちだって、亜美ちゃんの歓迎会をしたかったんだよねー。でも、亜美ちゃんって、そういうのきらいそうじゃんか。だから遠慮してたのに、大家さんが抜け駆けするなんてズルイもんねー」

「でもやっぱり、別の日にしませんか？」

早智子さんが口をはさんだ。

「わたし、今夜だと出られませんから」

商店会女性部の会合があって、抜けられないとのこと。

「女性は日を改めて女子会でもしたらいいんだよー」

テルちゃんが強引に決めつけると、須藤さんが賛成した。

「それで、いこう。いいよな、亜美ちゃん」

「はいはい」

職場関係の飲み会は基本的に反対派だけれど、この未知の世界で展開する親睦（しんぼく）会というのには、怖いもの見たさも手伝って、ちょっと身を置いてみたいと思ってしまう。職場なんだか、ご近所付き合いの延長なんだかわからないこの人たちの実態を、わたしは見極めたかったのだ。果たしてここは、職場なのか――職場を兼ねたまったく別の集団なのか――。

「それじゃあ、テルちゃん、どこに行くかね」

「やっぱり、大海原（おおうなばら）だよー。おれたちの居場所は、大海原さー」

「そうだな、大海原でママが待っている」

「大海原？　ママ？」

また何をいい出すのやらと思ったのだが、大海原というのは近所のスナックの屋号だった。しかも、先だって真鯛（まだい）を差し入れてくれたタイ坊の奥さんの店なのだそうだ。

「奥さん――ママも釣り好きなんですか？」

「いやいや、まさか。ママは海なんて、大きらいだ」

「なのに、お店の名前が大海原？」

「そこは、愛の力だよー。海はきらいでも、海の男を愛してるからねー」

「愛ですか――はあ」

太公望は海釣りはしなかっただろうが、太公望の生まれ変わりを自称する釣りマニアのタイ坊は、海釣り専門である。そこには微妙に、ヘミングウェイの『老人と海』への憧れも入っているらしい。加山雄三の『海 その愛』のイメージも、そこそこ影響している。太公望も、二十一世紀には進化していなくちゃ――というわけだ。

それで、奥さんのスナックは「大海原」という壮大な名を付けられた。

大海原は、キッチン・テルちゃんのすぐ裏の小路、その名も『呑兵衛横丁』の中ほどにある。大海原どころか、カウンターのほかはテーブル席が二つだけの、こぢんまりとした店だった。ママが海なんか大きらいといっているだけあって、内装にも海を連想させるものは、何一つない。いや……。従業員のミレイさんがフェルトと刺繍糸で作ったタツノオトシゴとウミガメのマスコットが、出窓のレースのカーテンの下で寄り添っていた。

「うちの表六玉、クロマグロを釣るんだって大間に行っちゃったわよ」

店の戸を開けるなり、ママはそんなことをいった。

表六玉というのは旦那のタイ坊を指し、マヌケくらいの意味だ。落語に出て来るオカミサンが、夫のことを罵ったり謙遜したりするときにいっていたと記憶している。令和の時代に表六玉という呼称に接するのは、貴重な体験かもしれない。

タイ坊は尊敬する太公望に倣って、ちっとも働かない。読書好きではないから太公望とは違って本に時間を割くことはないとはいえ、せっせせっせと釣りばかりしている。今日び釣りというのは竿と魚籠があれば済むものでもなく、お金のかかる道楽である。奥さんが頑張って働いて得たお金を自分の趣味に注ぎ込んで、たまにキッチン・テルちゃんに真鯛なんか持ってくるのだ。そのお刺身を美味しくいただいてしまったわたしは、なんだかタイ坊の共犯者になった気がした。

(さても、度し難いなまけ者もあったものかな)

太公望のことが念頭にあったので、わたしはまるで古代の賢者みたいな調子でそんなことを考えた。

(働き甲斐がないとか、職場の飲み会がウザいとか、そういうレベルじゃないし。タイ坊に比べたら、わたしのなまけぶりなんかまだまだ青いわ)

密かに独り言ちている横で、テルちゃんと須藤さんは顔を見合わせていた。

「大間といったら、青森だったっけー?」

「クロマグロってのは、素人が釣ってもいいのかい?」

「ふんっ」

ママは愚痴の続きを展開させるでもなく、冷蔵庫をかき回して料理をし出す。ミレイさんが、ビールを運んで来た。ミレイさんは髪の毛をプラチナブロンドに染めた美人である。ドアに取り付けたレトロなベルが鳴ると、新来のお客さんに向かってニヤリときれいに笑ってみせた。

「タイ坊が、大間にマグロを釣りに行ったそうですよ」

お客さんはサラリーマン風の二人連れで、「大間といったら、青森だったっけ？」

「クロマグロってのは、素人が釣ってもいいのかい？」と、テルちゃんたちと同じことをいった。常連だから事情――タイ坊の人となりを知っているようだ。

わたしはママが作ってくれた特製焼うどん（下戸っぽい人にだけ、特別に誂えてくれる）を食べながら、広くない店内を眺め渡した。

経年で擦り切れたダマスク模様の壁、かつてはワインカラーだったらしい絨毯、キッチュな造花、マリー・ローランサンの模造画、ボトルが列を成す棚、並べられたグラス、外の滲んだ照明を映す窓。どれもとことん磨き上げられているけれど、タイ坊は少しも手伝ってくれないんだろうなあと思った。ママは大柄で、声が甲高くて、所作が女らしくて、タイ坊の愚痴を挨拶代わりにしている。

（ママの愚痴を聞いてると、常連さんは自動的に事情通になるんだな）

わたしは霊能力者ではなく一介のレジ係だが、タイ坊が太公望の生まれ変わりなんかじゃないことについては、太鼓判を押そう。それはテルちゃんたちも、ほかの常連も、ママだってわかりきるほどわかっているのに、どうしてタイ坊を好き勝手にさせておくのか不思議でならなかった。

ママが作ってくれた焼うどんは、美味しくもマズくもなかったけれど、食べ出したら止まらなくなって完食した。ミレイさんが皿を片付け、テルちゃんはカラオケを歌うのだと機械をいじり出した。

わたしは須藤さんのとなりに取り残された恰好で、空っぽになったコップにお酌なした。会社員のころは、こういうシチュエーションが苦手だったし、大海原の雰囲気はかつてわたしが嫌った時間外強制労働のために連行されたスナックと変わるところがなかったのに、それでもわたしはここに居ることに満足に似た気分を覚えていた。

須藤さんはわたしをホステス代わりに、おしゃべりを始める。テルちゃんは、ほかの常連と仲良くマイクを分け合って、カラオケを歌っていた。

「テルちゃんの父親とわたしは、小学校からの親友なんだ」

須藤さんは、塩豆をぽりぽり食べては、ビールをあおっている。

「あんたはテルちゃんのこと、どう思った？」

「面接のときですか？」

わたしも塩豆を口に運ぶ。豆菓子の中では、塩豆が一番好きだ。下戸ではないけれど、強いわけではないのでオレンジジュースをお代わりした。

「変てこりんなおじさんだと思いましたね。あんなに仕事がきらいだと力説する人間を採用するなんて、気は確かなのかと疑ってしまいました」

「ふふ」

須藤さんは笑う。

「テルちゃんにあんたの面接を勧めたのは、何を隠そうわたしなのだ」

伯母(おば)の習い事の友だちの旦那さんの教え子の親戚(しんせき)というのは、須藤さんのことだったのか？

「ええ？」

「そのとおり。テルちゃんは、その知り合いということになる」

「じゃあ、うちの伯母からの強い圧力があって、採用しないわけにはいかなかったとか？」

「いやいや、テルちゃんは純粋にあんたが気に入ったんだろう。テルちゃんも、子どものころから規格外だったからなあ」

「わたしも、規格外なんですか？」

「多少は」

「多少ですか」

ちょっとガッカリした。大いなる変わり者とでもいってもらいたかったのだろうか？

「規格外に図太いオヤジになるまでには、苦労もする、痛い目にも遭うものなのさ」

それから、須藤さんは塩豆をカリポリ齧(かじ)りながら、テルちゃんの少年時代を回想した。

テルちゃんは、不良だった。優等生とか品行方正の対義語を不良というならば、筋金入りの不良だった。でも、徒党を組んで悪さをすることはなく、もっぱら単独で喧嘩ばかりしていた。孤高のボス猫みたいな少年だった。

「そんな若者でも、成人したら会社勤めなんかするわけだよ」

「わたしみたいに」

「そう。あんたみたいに」

塩豆を食べつくしたので、お代わりを頼んだ。ママは「おなかを壊すわよ」といって、塩豆ではなくお子様せんべいを持ってくる。須藤さんとわたしは、シンクロした動作で袋を破ると、ばりばりと音をたててお子様せんべいを食べ始めた。

「群れることも忖度もきらいな一本気な若者は、会社の中では浮くわけだよ。亜美ちゃんみたいにね。面接であんたがした演説に、テルちゃんは感激したんだろうね。かつての自分と同じことをいう小娘が現れた。そりゃあ、気に入るわけだ」

なんたることだ。採用なんかされたくなかったわたしは、実は店主に共感されることを力説していたというのか。

「若き日のテルちゃんは、勤めて間もない試用期間中に、先輩を庇って上司と喧嘩して、それでクビになったらしい。今の時代なら、パワハラだって騒がれて別な結果になっていただろうが、日本には少し前までは封建時代みたいな風潮が強く残ってたからなあ」

今どきなら、上司のパワハラを糾弾して、テルちゃんは会社に残り得ただろう。でも、「与えられた仕事を死に物狂いで頑張ること」を拒んだわたしが職場と決別したのは、そんな昔のことじゃない。

「結局、あんたらは組織の一部分として働くのに不向きなんだよ。いくら善良な組織でも、すべて完璧なわけがない。元からそんな働き方が苦手なあんたたちは、そこに歪みが一つでも加われば、もう耐えがたく感じてしまうのさ」

テルちゃんは会社から放り出されて、暫くは荒れていたそうだ。自分でも「チンピラになっちゃうのかなあ」と心配していたようだ。よく警察のお世話になっていたのは、このころだ。街で喧嘩して、たびたび留置所に入れられていたとのこと。

「へえ」

松山千春の『恋』を歌い終えて、やんやの喝采を浴びているテルちゃんを、わたしは不思議な気持ちで見た。テルちゃんは声が大きいから、喧嘩なんかしたら迫力あるだろうなあと思った。

「それから一念発起したんだろう。ガムシャラにお金を貯めて、今の店を持ったんだよ。まあ、助けてくれた友だちも居たみたいだ」

「一念発起って、どうやったら出来るものなんでしょうか？」

自分でも一念発起して、植物園のスタッフとして働くことを念頭に、そんなことを尋ねた。

「テルちゃんの場合は、失恋したからだね」

「はい？」

失恋と一念発起が、どうしたら繋がるのかまるでわからない。

「加代さんにフラれたんだ」

酔ってきたのだろうか。須藤さんは口が軽くなって、「加代さん」なる実名まで出してきた。わたしはこのまま聞いていいものか、それとも話題をそらそうかと、ちょっと焦る。そんな間にも、須藤さんは続けた。

「高校時代から付き合っていた彼女に、フラれたんだ。彼女、グレてるテルちゃんを見限って、疋田工務店の跡取りに乗り換えてしまったんだよ」

疋田工務店の跡取りに乗り換えた？

「疋田？」

それが加代さんという女性で、疋田工務店の跡取りに乗り換えて疋田夫人となり、少し前までキッチン・テルちゃんのレジ係をしていて、旦那が事業で失敗してしまったので夜逃げをしたという――。

（その疋田さん？）

店を訪れる人たちの口から何度もその名を聞いた疋田さん――ややこしいから、奥さんの方は「疋田夫人」と呼ぶことにするとして――その疋田夫人が、テルちゃんの元カノだと？

キッチン・テルちゃんでは、店主の元カノが一緒に働いていたのか？

そんなことしていいのか？

わたしはオレンジジュースを飲みほしてから、水割りを頼んだ。酒は弱いけれど、きらいではない。でも、よっぽどじゃないと飲みたいとは思わないのだが、今はそのよっぽどのときである。

「奥さんと二人三脚でやってる店に、元カノを雇い入れるとは――」

まるで、自宅に妻と愛人を同居させる光源氏みたいではないか。

いや、光源氏の自宅は町内会がすっぽり入るくらい広いからまだいい――よくないが。でも、キッチン・テルちゃんは泣く子も黙るほどせまっ苦しいではないか。

わたしは思わず水割りをガブ飲みし、須藤さんに向き直った。

「須藤さん、それって――」

義憤にかられた苦言をいいたてようとしたら、須藤さんはカラオケのステージの方に行ってしまった。わたしは得意でもないアルコールを急に摂取したことで脳みそがシャットダウンしてしまい、その場に突っ伏して眠り込んだ。

＊

やっかいな夢を見た。

夢の中で、わたしはバス遠足で筑波山へと向かった。

夢の中の筑波山は、公園の築山を少し大きくしたほどの、ささやかな一つ山だった。遠足だから一人で出かけたのではないが、だれと同行したのかは覚えていない。きっと、そこが本題ではなかったからだろう。

帰路のバスに乗り込む前に用を足しておこうとトイレに向かった……のは、いいのだけれど、そのトイレにはドアも壁もないのだ。壁やドアの代わりに、カーテンで仕切ってある。しかし、夢の中に居るせいか、それも仕方あるまいと思った。で、わたしは二つ並んだ個室の、一方のカーテンを開けた。

その瞬間である。トイレの仕切りとしては頼りなさすぎるそのカーテンさえも、消えたのだ。しかも、なぜかわたしは山頂に居た。築山ほどの筑波山の山頂に。

頂に二つ洋式便器が唐突に並び、麓まで続く斜面の四方八方にトイレの順番待ちをする人たちがひしめき合っていた。

「ええええ？」

自分の悲鳴で目が覚めた。離れた場所では、ママと須藤さんが『浪花（なにわ）恋しぐれ』を歌っている。目の前にはなぜか健留が居て、飛び起きたわたしを見ておろおろしていた。

店のお手洗いを借りたら、そこにはちゃんと壁とドアがあって、わたしは現実に戻ってきたことをしみじみと実感する。テーブルに戻ると、健留がわたしがさっき食べたのと同じ焼うどんを食べていた。

「仕事、途中で抜けて来たんです」

「どうして？」

健留は見るからに熱血サラリーマンらしいし、そういう人は仕事を途中で抜けたりしないと思う。わたしが不思議そうにしていると、健留はすっくと背筋を伸ばした。

「おれがお誘いした歓迎会ですから、せめて亜美さんをお送りする義務があります」

「義務、ですか？　あははははは」

わたしは性格が悪いから、せせら笑った。こんな熱い人というのは、本当に熱いのだろうか。それとも、熱いことに価値があると思って熱く振舞っているんだろうか。

「健留くん、感心ねえ。おじいさんのお迎えに来てくれたの？」

へべれけになった須藤さんを持て余していたママがそういうと、健留はにこやかにかぶりを振った。

「祖父は、テルちゃんにお任せします。おれは、亜美さんを送って行きますから」

なんていう辺りは、けっこう図々しい。テルちゃんは酒豪体質みたいで、来たときと同じこざっぱりした顔をしている。ぐでんぐでんの須藤さんを託されても、やはりこざっぱりした顔のままだ。

店を出ると風が気持ちよくて、歩いて帰ることにした。

わたしは夜の風景や風の温度や庭先の植え込みのシルエットに目を細めつつ、ときおり健留の横顔を盗み見ている。たとえ、わたしの自宅が郊外や離島や地球の裏側にあったとしても、当然の顔をして送り届けて、翌日は遅刻もしないで出勤し、いつもと同じく潑剌と活躍してしまうのだろう。

この人なら、勤務時間中に帰宅時間が待ち遠しくて時計を眺めることなんかないのかもしれない。連休を待ってため息をついたりしないのかもしれない。わたしにいわせりゃ、宇宙人みたいな人だ。

そんなことを考えていたら、宇宙人は思いがけないことをいい出した。わたしたちのほかはクルマも人も居ない交差点、店じまいした花屋の前だった。看板を照らすライトだけがひっそりと灯っている。

「おれ、実は前から亜美さんのこと知ってるんです」

「以前、子会社との懇親会がありまして。その中締めで、亜美さんが先方の若手代表ということでスピーチをしまして」

「は？」

「あのときの亜美さんが、めちゃくちゃ面白くて」

「健留さん、あの場に居たんだ」

「居たんです」

「それって、奇遇」

「奇遇ですよね」

「ていうか、健留さんっていくつなの？」

「今年、二十九歳になります」

「わあ、年上なんだ？ 若く見えるねえ」

「あの懇親会のとき、ぼくは入社直後でした。亜美さんは、入社二年目ってことでスピーチしたんですよね」

そうだ。わたしは、あまり似合わないスーツを着て、歩きづらいパンプスをはいて、専務の書いたテニヲハの可怪(おか)しな原稿を読み上げた。そして最後にちょっとしたアレンジを加えた。

――わたくしは、与えられた仕事を死に物狂いで頑張ることを誓いません。

「おれ、あれ、マジでウケたんですよ」

健留は今まさにそれを聞いたみたいに、こぶしを振り上げて笑った。

「あのときの亜美さんは、輝いてました」

ちょっと不貞腐(ふてくさ)れた感じの、ちょっと可愛い、でもどちらかというとファニーフェイスの若い女性だった。あまり模範的なOLには見えなかった。どうして、こんな斜に構えた感じの人に若手代表のスピーチなどさせるのだろう。

それで、健留はちょっと嫌なことを思い出した。中学校の卒業式の呼びかけで、不良だった生徒が「愚かにもグレたぼくは、先生方にも迷惑をかけた」なんていわされていた。逃げ場がない舞台で、思ってもいないことを口に出させるなんて、卑怯(ひきょう)なやり口ではないか。この女性も、それと同じ見せしめにされているのか？

でも、そのファニーフェイスの女性は、(子会社の幹部にとっての)檜(ひのき)舞台で、ちゃぶ台返しをしてのけたのである。こんな痛快なことはないではないか！

と、酔った勢いで健留は大いに面白がったのだが、その後、彼女(わたし)が退職してしまったと知ったときは、ひどいショックを受けた。彼女(わたし)は異分子として排除されてしまったのだ。なんたる横暴！

そのとき、健留は誓ったのである。あの勇敢な女性(わたし)の仇(かたき)は、自分が討つ。

権力の頂点に立ち、あんな子会社など捻りつぶしてやる！

「わわわわわ、やめなさい。そんなこと、やめなさい」

わたしは、慌てた。今健留がいったのは、インパクトのある出来事ではあるものの、わたしの人生の中ではさほど重大な位置を占めてはいない。そんなもののために、この熱血正義漢が暗黒面に落ちるなんて、良くない。断じて、良くない。

「でも、そもそもさあ」

わたしは愚痴っぽく続けた。

「誓うとか、死に物狂いで働くとかって、軽々しく使う言葉じゃないと思うわけ。誓うってのは、例えば——雨にも負けず風にも負けずお正月も休まずに甲子園を目指す野球少年が、晴れ舞台で正々堂々と戦いますって宣言するときなんかに使う言葉だと思うの。死に物狂いで働くってのも、例えば——午前の診療の後で午後遅くまで手術で執刀して、挙句に夜勤があって朝には回診に向かうお医者さんとか——そういう人たちのためにある言葉なんじゃないかな」

べつに、どんな言葉をだれがどのシチュエーションで使うべきだなんていうつもりはないけれど、「誓う」というのは神聖な行為だし、「死に物狂いで働く覚悟」なんて、いつなんどきだろうが、わたしにはない。

「それって、普通ですよ。だれにもないです」

「でしょ。それをヘラッといわせようとするのが、なんかさあ――」

許せなかったのだ。

「でもね、許せない人が許せないことをするのは、普通の状態だとも思うのよね」

「え？」

「許せない人が許せることとしたら、それこそ異常事態でしょ。わたしと価値観を異にする人たちにとっては、わたしが起したアクシデントこそが許せない悪行だったわけよね」

「そうなんですかね」

「喫煙室で一日の殆どを過ごし、失言でお客をカンカンに怒らせ、大事な仕事をうっちゃって、何もしないのに夜中まで会社に居残って、挙句の果てに帰るときに冷暖房のスイッチを切り忘れて、そーして死に物狂いで働きますって誓えばいいんだわ」

アルコールが残っていたせいか、わたしは地獄の犬みたいな低い声でぼそぼそといった。顔を上げると、健留が顔をこわばらせてこちらを見ている。

「亜美さんの居たところって、そんなひどい会社だったんですか。だったら、やっぱりおれが――」

天に代わって成敗するなんていい出すから、わたしはやっぱり慌てた。健留はテルちゃんと同じくらい素面な様子をしているけれど、ちょっと酔っぱらっているのかもしれない。

「いや、天に代わらなくていいから。天のことは、天にまかせましょう」

話題を変えようと周囲をキョロキョロしたら、道路の向こう側を、何やら見おぼえた一人と一匹が連れだって歩いていた。

ソーセージみたいにずんぐりむっくりの短足犬が、背高で姿勢の良い整った感じの男の人と散歩をしている。

メンチくんとモクタンではないか！

「モクターン！」

酔っ払いらしくそう呼ばわったのは、メンチくんの本名を知らなかったせいで、いくら酔っ払いでも「メンチくーん」なんて呼びつけたりしないくらいの分別は残っていた。

メンチくんはこちらを振り返って、均整の取れた長い腕を振ってよこした。ちょうどモクタンが電柱に向かっておしっこをしようとしていたところだった。街灯が、そんな二人（一人と一匹）を照らし出す。

メンチくんはパーカーにジーンズという普段着でも、やっぱりモデルみたいに映えていて、モクタンはデフォルメして作った滑稽（こっけい）なぬいぐるみみたいな愛嬌（あいきょう）があった。

「今、お帰りですか」

「はい、歓迎会をしてもらったんです」

メンチくんは、クルマのいない道路を斜め横断してこちらに来る。

（ん？）

背後からメラメラという激しい音が聞こえ、わたしは驚いて振り返った。いや、実際には、それは鼓膜を通して聞こえる音ではなかった。心の——気迫の波動が、太陽フレアのように噴き上がっていたのである。

（うわあ……）

隣に立つ健留が、仁王さまみたいに怖い顔をしている。濃い眉(まゆ)と眉の間には深い皺(しわ)がきざまれ、柔和だった目は切れ上がり、口はへの字に曲がって、鼻穴が「フンッ」と広がっていた。

この人はひょっとして、やきもちを焼いているんだろうか？　わたしに気があるとか、周囲の大人たちがいっていたけれど、それはてっきり彼がいじられているだけだと思っていた。

それでも、わたしの注意力はごくごく散漫になっていて、健留の顔を見たつもりが、すぐうしろにある花屋のガラス戸に気を取られてしまった。

——オージープランツ展
というポスターが貼ってある。

ていた。

キュートというよりは、面白おかしい形の多肉植物たちも、ポスターの片隅を飾っていた。

──同時開催、キュートな多肉植物展

──5月10日~5月20日　会場／スターゲートスタジアム──

「これは、行かなくちゃ」

植物を好む傾向があるとは前にもいったが、オージープランツと多肉植物は、とくに好きだ。派手ではないが独創的な姿が、わたしのツボ──すなわち、心の凸凹や隙間をさりげなく埋めてくれる……。

わたしがデレデレした目でポスターを眺めている姿が異様だったのか、メンチくんも健留も「行こう」とも「帰ろう」とも声を掛けられずにいた。

6　うしろのしょうめん、だあれ

『初夏を先取り、ルンルン新メニューキャンペーン！』なる企画を提案してみた。

まだ四月だったから初夏には少し気が早い気がするし、「ルンルン」というのは一世代以上も古いように思えたが、いいのだ。キャンペーンなどと称するものは、シーズンを先取りするのが常であるし、キッチン・テルちゃんのお客は、若者から見て一世代以上も年かさの人たちが殆どなのだから。

テルちゃん夫婦は、まず揃ってきょとんとした。それでも、テルちゃんの方はすぐに「キャハハハハ」と笑って「亜美ちゃん、やる気まんまんだねー！」と、例の喇叭みたいな声でいった。常に増してハイテンションだ。早智子さんの方は「亜美さんって、そういうのが苦手なのかと思ってたけど」と小さな声でいい、でもテルちゃん以上に喜んでくれた。キャンペーンのロゴ入りエプロンを新調しようなんていい出す。

「さすが、亜美さん。頼もしいわ」

「亜美ちゃんが居れば、成功間違いなしだね」

「いや、わたしは何もしないんですよ。ルンルンな新メニューを考案するのはテルちゃんと早智子さんですから。わたしは、レジを打つだけですから」

などと狡い調子でいってのけたのは、実は自分でも提案なんて柄にもないことをした気付き、精いっぱいに照れ隠しをしたわけである。

こうして、小さなお惣菜屋の中で新キャンペーンのプロジェクトが密かに進行した。

元より『夏支度』というのは、気持ちが躍るものだ。美味しい食べ物がきらいな人間など居るはずないし、夏を先取りで美味しいものを食べようというのは、お客にとっては耳慣れているかもしれないけれど、でもやっぱりルンルンすると思う。

「なんかさー、国際的な感じにしたいよなー」

「世界に羽ばたく感じね」

「ま、羽ばたきませんけどね」

テルちゃんはギアナ風エッグボールとオージーなミートパイ、それから魚介たっぷりビーフンと冷製ふろふき大根なんかを作ってみた。早智子さんは、レモンゼリーやミニトマトのシロップ漬け、それからパプリカやアボカドのきれいなディップを瓶詰にしてみた。わたしは宣言どおりに何もしなかったけれど、未知の国の郷土料理や、夏野菜を使ったサラダやデザートが出来てゆくのを見ると、掛値なくルンルンした。

でも、わたしとて完全に何もせずに居たわけではなく、チラシ作りや、店の飾りつけなどを任されることになった。いい出しっぺなのだから、ルンルンするだけで済むと思ったら大間違いってわけだ。

「亜美ちゃんは、隠れ働き者だねー」

支度が整った店内を眺めまわして、テルちゃんはいつものように元気な調子でそういった。

「何ですか、それ」

働き者なんていわれるのは、ちょっと心外だ。ちょっと嬉しいのも確かだけれど。

「隠れキリシタンみたいな？『おぬし、なまけ者だといい張るなら、このお惣菜が踏めるか』、みたいな？」

「なまけ者でも、食べ物は踏めませんよ」

「まあ、そうだねー」

テルちゃんは、キャハハハと笑っている。その間にも、オーブンの中ではミートパイが焼けていた。

＊

五月の連休が過ぎてから、タイ坊が大間から一時帰宅した。それでも釣りがしたいといって、テルちゃんを誘って釣り堀に出かけた。タイ坊という人は、寝ても覚めても釣りなのだなあと、友人知人は呆れたり感心したりした。

昼の書き入れ時が終わったころ、街金の社長夫人である富樫さんが来店した。この時間に来るということは長っ尻を決め込む気だなと察しが付いたので、お茶など出す。気難し屋の富樫さんは、それですっかり笑顔になった。

「亜美ちゃん、あんたもここに来て世慣れてきたじゃないか。このルンルンキャンペーンも、あんたのアイディアだっていうもの。あんたはなまけ者どころか、有能な人材だよ。テルちゃんもいってたよ。前の会社の上司どもは、人を見る目がないすっとこどっこいだったのさ」

過分なお褒めの言葉を頂戴したから、わたしは独断でレモンゼリーもサービスする。富樫さんは梅干しでも食べるみたいな顔でレモンゼリーを食べ、甘さが足りないと文句をいった。

「ところで、店の引っ越しの方はどうなってんのさ？」

「健留くんが、ちょうどいい物件を探してくれましてね。大方、決まりそうです。そこ、店舗兼住宅の一軒家だから、自宅の方も引っ越しってことになりそうです」

早智子さんは、軽やかな口調でいった。こんな風に、柔和で底意が見えない態度のとき、実は早智子さんはあまりご機嫌ではない。それを察したようで、富樫さんは「フンッ」と鼻息を吐いた。

「そもそも、須藤さんがビルをぶっ壊しちゃうなんていい出すのが悪いさ。でも、引っ越す先も賃貸なんだろう？」

「ええ」

「じゃあ、住まいは今のままで、店はこの近所で探しゃいいじゃないか」

「繁華街では、ここみたいに安く借りられる物件はないんです。だから、今度はずいぶんと静かなところに越す予定なんです」

田舎に移転するというのは、そんな理由があったからなのか。納得しつつも、少し心配になった。従業員のわたしは身軽だが（つまり、辞めたら済む話だが）、経営者のテルちゃん夫婦にとっては、新しい土地で軌道に乗るまで大変なのではないか。

「テルちゃんは、機材も新しくするなんて張り切ってますよ」

「あの人は能天気だから、あんただけが苦労するよね。昔みたいにさ」

富樫さんはわたしと同じ危惧を覚えているようで、脅すようなことをいった。それが、現実味のある予言だったせいだろう、店の中の空気が一気に重たくなってしまった。

「そういや、うちの嫁が加代さんを見かけたそうだ。モールで買い物なんかしていたらしいよ。会社がつぶれて夜逃げしたのに、優雅なもんじゃないか」

加代さん……？

そう鸚鵡がえしに呟きたくなるのを、わたしは慌てて呑み込んだ。

加代さんとは、例の疋田夫人のことだ。テルちゃんの元カノにして、この店の――先々代のレジ係である。

ここは演歌風にいうなら、さしずめ『夫婦店（めおとみせ）』だ。そこに元カノを雇うテルちゃんの気が知れない――とは前にも思ったことだが、その元カノのことをわざわざ奥さんの前で話す富樫さんも無神経ではないか。

と、わたしは思ったのだけれど、早智子さんは案外と懐かしそうな顔をした。

「高遠（たかとお）さんは――」

高遠――それが疋田夫人の旧姓らしい。テルちゃんと高遠加代さんは、高校時代に付き合っていた。早智子さんはテルちゃんに片思いをしていて、友人たちからは「さっちゃん、趣味悪い」と笑われていた。確かに、テルちゃんは決して美男子ではないし、高校生当時も美男子ではなかったろうと思われる。

「いいえ、テルちゃんはかっこよかったのよ」

そんなテルちゃんは、加代さんに首ったけであった。加代さんは他校に鳴り響くほどの美貌（びぼう）の持ち主で、気立ても良かったから、よくモテた。すごくモテた。めちゃくちゃモテた。テルちゃんは加代さんのボーイフレンドではあったが、同等の立場の男子はほかにもかなり居た。

だから、前言撤回である。テルちゃんと高遠加代さんは恋人同士ではなかった。テルちゃんは、加代さんの取り巻きの一人だった。テルちゃんは早智子さんが見込んだとおりの傑物なので、ちょっとだけ格上、親衛隊長くらいの立ち位置だったのだ。早智子さんが終始一貫してテルちゃんのことばかり見つめていたため、さすがのテルちゃんにも思いは伝わる。高校を卒業した頃から、二人は付き合い始めた。でも、テルちゃんは誠実な恋人だったとはいい難い。当時のテルちゃんは、チンピラというか無頼漢というか、ともかくロクでもない野郎になっていた。

そのうち、ロクデナシのテル青年は、早智子さんに隠れて高遠加代さんとも付き合い出した。ふと出会って焼け棒杭(ぼっくい)に火が点(つ)いて、早智子さんと二股(ふたまた)をかけていたのだ。

「許すまじ、テル」

わたしは、思わず低くうなった。かたわらで、富樫さんが「そうだ、許すな」と鼻息を荒くしている。

「でも、テルちゃんはフラれたんです。加代さんが、疋田さんと電撃結婚しちゃったのよね」

「それは、良かった。でも、なぜ電撃？　加代さんが妊娠したとか？」

「疋田さん夫婦には、子どもは居ないじゃないか」

富樫さんは、細くて短い腕を組む。

「あんたたちが一緒になったのは、疋田夫婦が結婚してすぐだったよね」

テルちゃんは加代さんにフラれて、それで意地になってもう一人の彼女と結婚したのだろうか。だとしたら、ちょっと幻滅だ。そんな情けない事情でも、テルちゃんを受け入れてしまった早智子さんも、わたしの中ではかなり評価が下がった。

ともあれ、二組の夫婦はその後も家族ぐるみの付き合いをしていた。

それもどうかと思うけれど、実際に良い関係だったらしい。テルちゃんが店を始めるときなんか、疋田夫妻は全力で応援してくれた。

「四人で食事したり旅行したり、楽しかったのよ」

「あんたら夫婦は、お人好しだからさ。とくに早智子さん、あんたはお人好しだよ」

「でも、疋田さんたちは、優しくて親切で――」

「金持ち喧嘩せずっていうだろう？　懐に余裕があると、善人面もしやすいさ」

富樫さんは、疋田夫妻のことを良く思っていないようだ。

「実際、金で全ては買えないけど、でも買えるものは多いんだよ。気持ちの余裕や親切さなんていう美徳まで、買えるんだから」

しかし景気の後退にともなって疋田工務店の羽振りは悪くなり、とうとう倒産の危機に陥ってしまう。それで、加代さんは自らも働くことを決意した。高遠加代――疋田加代の辞書には「挫折」とか「敗北」とか「苦労」なんて文字はなかったものだから、すぐに雑誌やショッピング番組に登場する女社長みたいに大活躍できると考えた。

でも、職歴すらない元有閑夫人は、挫折や敗北や苦労をする前にどこの職場からも門前払いにされた。

それで、キッチン・テルちゃんのレジ係として働くことになったのである。でも、ここでの給料で倒産しかけた工務店を建て直せるはずもなく、疋田夫妻は夜逃げしてしまったのだった。

「加代さんがモールに出没してるだけじゃないんだよ。うちの人が仕事仲間から聞いた話によると、疋田社長は今でも金策しているらしいよ」

「まあ、大変だこと」

早智子さんは、暗い顔で応じる。夫婦水入らずの店にテルちゃんの元カノが入り込んで来て、早智子さんはどう感じていたのだろう。いくら善良でお人好しだって、そんなシチュエーションは面白くなかったはずだ。もしもわたしならば、問題の元カノ一家が夜逃げしたことを、早智子さんみたいに同情できるだろうか。わたしだったら、元カノ疋田夫人が大手を振ってモールに出没していることを、非難するだろう。そういう心持ちというのは、褒められたものではないとわかってはいるけれど。

異なものを目撃してしまったのは、疋田夫妻の最新情報を聞いた日の帰りである。

＊

午後になってから空がグズり出し、陰気な夜だった。いつもならば徒歩で帰るのだが、雨が降りそうだからバスに乗ることにする。

バス停周辺が変に暗いのは、そのすぐ後ろにラブホがあるからだと思う。サイレントムーンといういかにも密会場所みたいな名前なのに、中に入ってしまうと客室は笑っちゃうくらい派手でギラギラしているそうだ。すごく昔――バブルのころの内装が、今もそのままになっているのだろうと、友人の一人が考察していた。わたしは、足を踏み入れたことがないから、詳細については説明できない。

バスはいつまで待っても来なくて、わけもなくクサクサしてきた。バス停の足元に生える雑草を眺め、その傍らに捨てられたタバコの吸い殻を眺め、どこからか届く焼き芋の匂いをかいで、こんな季節に焼き芋の屋台でも居るのだろうかと頭を巡らせた。

そのときなのである。異なものを目撃してしまったのは。

テルちゃんだった。

こともあろうに、テルちゃんはサイレントムーンの駐車場に居た。すごく悪趣味な

（と、わたしには見えた）女神像が飾られていて、テルちゃんはまるでその像と立ち話でもしているように見えた。

　でも、違うのだ。

　女神像の陰に、だれかが居る。背丈がテルちゃんより少し低くて、なんとなく華奢（きゃしゃ）で、長くウェーブのかかった髪の毛が揺れるのが見えた。

　早智子さんではない。あまり若い女性でもない。

　そう判断したのは、早智子さんも髪の毛が長いけれど、いつもひっつめにしているから。それに早智子さんなら、もっと雰囲気が地味だし、隠れていてもわたしには見分けがつくはずだ。年頃は同年配ほどだろう。伸ばした髪は、早智子さんよりハリがないように見えた。

　辺りはずいぶんと暗かったし、問題の人の姿はほとんど隠れていたのだから、全部わたしの当て推量に過ぎないのだけれど——。

　つまり、わたしはラブホの前でテルちゃんが女の人と一緒に居るのを見た。

　そして、勘ぐったのだ。——相手の女が疋田夫人ではないのか、と。

（テルちゃんが何しようと、わたしがとやかくいう権利ないし）

　ようやく来たバスに乗り込みながら、わたしは自嘲（じちょう）する。

（そもそも、あれがテルちゃんだってのも、きっと見間違いなんだ）

冷静になろうとかいうのではなく、そう祈っていたというのが正直なところだ。

動き出したバスの窓越し、サイレントムーンの駐車場には、もうだれも居なかった。暗い常夜灯は、ぽつりぽつりと停められたクルマの後ろ姿と、ひとり佇む悪趣味な女神像を照らすばかりだった。

＊

スドー・ビルヂングとおとなりの行政書士事務所の間が、一帯のゴミ集積場になっている。

堅牢な造りのゴミステーションを設置できないのは、道幅や交通量の関係なのだろう。それでゴミの日になると、集積用の金属製の折り畳み式のカゴに、丈夫な網をかぶせて、カラスや猫や不埒な人間のいたずらから守っている。ゴミステーションが脆弱だから、住人がマナーを守ることはとても重要だ。

ところが、である。

キッチン・テルちゃんの筋向いにある茶舗兼駄菓子屋の女主人は、このマナーを度外視している。ゴミ出しの日も時間も関係なく、スドー・ビルヂング横にゴミを持ち込むのである。

ゴミステーションを組み立てて中に入れることもせず、ポイと置いて行く。高齢なので重たいカゴなんか組み立てられないというのが彼女のいい分で、「わざわざ網は掛けてやった」のだと居丈高ですらある。「ゴミ置き場にゴミを置くのは、当たり前のことだ。収集日しか出せないなら、わが家にゴミがたまってしまう」などと主張して譲らないのだとか。

富樫さんがいうには「ありゃあ認知症ではなく、性悪なだけさ。あの女は、若いころから鼻つまみ者なんだ」とのことで、以前に健留にもいった理屈ではないけれど、性悪な人が性悪な行いをするのは自然なことなのだ。それで、普段なら早智子さんや隣の事務所の人が、せっせと片付けていた。

ところが、今朝はテルちゃんの虫の居所が悪かった。

朝早く店に来たら、例のゴミ出しがされていて、いたずら避けの網もかぶせていなかったから、カラスも猫も不良少年たちも思う存分に散らかしていた。

元より機嫌が悪かったテルちゃんは、カチンときた。いや、ブツッと切れて、ドカンときた。家中、店中のゴミを袋に突っ込むと、問題の茶舗兼駄菓子屋の店の前に運んだ。それでも気がおさまらなかったのか、かねがね捨てようと思っていた粗大ゴミや、近所の自販機の傍らにある缶やペットボトルのカラまで集めて、怨敵の店の前に積み上げたのである。

わたしは刑法のこととか全く知らないけれど、それはやっぱり犯罪と呼ぶべきことなのだろう。テルちゃんは警察に連行されてしまった。わたしは早智子さんが大量のゴミの後片付けをしているタイミングで出勤して、早智子さんの手伝いをしている富樫さんからことの次第を聞いたわけなのだった。

「ああ、ゴミも自由に出せないなんて、恐ろしい時代になったものだ」

問題の茶舗兼駄菓子屋の女主人は、自分の店の前に佇んで声を震わせていた。以前からの因縁やこの老婦人の性分を知っている人たちは、呆れたりテルちゃん夫婦に同情したりしていたけれど、通りすがりの人なんかは彼女の肩を持って文句をいい出す者も居る。

これはひとつ、わたしがいってやらねば！

わたしと富樫さんと大家の須藤さんと大海原のママが、奇しくも同時に一歩前に出たときである。早智子さんがスッと気配もなく問題の女店主に近付いて、何やら耳打ちをした。

「…………？」

わたしたちも野次馬も、虚を衝かれてしばしの間、金縛りに遭ったような状態になる。皆で一斉に早智子さんとその老いた女店主を見つめた。

あたかも、小さな舞台のごとき様相となる。

女店主の顔から表情が消えた。それまではテルちゃんから受けた仕打ちを嘆いていたのだけれど、そんなことなど忘れてしまったように顔をこわばらせた。その様子は、お正月のニュース番組なんかで見る、ナマハゲに迫られた幼子の顔付きを連想させた。つまり、老女店主は、心底からビビったようなのだ。

スッと、早智子さんはまた気配もなく後ろに下がる。

すると、女店主は脱兎の勢いで自分の店の中に入ってしまった。——というよりも、自宅の中に逃げ込んでしまった。早智子さんの方は、また何事もなかったように掃除を再開したのだった。

キッチン・テルちゃんの店から持ち出したゴミは、裏の物置に一時保管することにした。明日は燃えるゴミの日なので、一日置くだけの辛抱である。粗大ゴミと近所の自販機から集めた空き缶などは、業者に頼んで引き取ってもらった。

人心地ついて店に戻ると、早智子さんは休むこともせずに開店の準備を始める。わたしはその細い背中を見つめながら、ためらい、ためらい尋ねた。

「早智子さん、さっき何ていったんですか？」

「え？」

「ほら、あのババア……いやいや、おばあさんに耳打ちしたじゃないですか」

「ああ、あれ？」

早智子さんの顔からフッと笑いが消えた。でも、それは一秒にも満たないほんの短い間だった。すぐにいつもの冷静で穏やかな表情に戻る。

「うしろのしょうめん、だあれ」

「え？」

「ほら、『かごめかごめ』の歌の『うしろの正面、だあれ』ってアレ」

「うしろの正面、だあれ、ですか？　ええと、ちょっと、意味わかんないんですけど」

「わたしも、わかんない」

「ええ？」

早智子さんの真意をもっと聞きたかったけれど、お客さんが来たりテルちゃんが帰って来たりして、タイミングを逸してしまった。

*

朝のゴミ騒動は事件という扱いにはならず、テルちゃんは連行された先の警察署で厳重注意を受けただけで放免された。あのとき早智子さんが果たして本当に「うしろの正面、だあれ」といったのか、それとももっと恐ろしい脅し文句なんかを囁(ささや)いたのかは、神のみぞ知るである。話が前後するけれど、あの茶舗兼駄菓子屋の老女店主は、この騒ぎの後はゴミ出しのルールを守るようになったという。

　ともあれ、その日はキッチン・テルちゃんの厄日だったに違いない。

　昼時を過ぎてから、五十年配の男性が一人で店に入って来た。くたびれた感じに太って、くたびれた野球帽に、くたびれたポロシャツ、くたびれた作業ズボンをはいて、くたびれた運動靴をはいていたけれど、当人はくたびれているというよりは、ギラついた感じがした。ひとを見た目で判断するのは良くないが、あまり模範的な大人という感じには見えなかった。

　案の定、くたびれた風采のその人は、横柄な感じで店の中を行き来し出した。行き来するといっても、四、五歩歩けば向こうの壁にぶつかるくらいの狭い店なのだが。それからタバコを取り出して火を点けようとしたので、わたしはやむなく店内は禁煙であることを説明することになる。

　それが気に入らなかったようで、横柄なその人はわたしに絡みだした。彼氏は居るのかとか、化粧が下手だとか、それじゃ彼氏が出来ないぞとか、おじさんが礼儀を教えてやるとか。

「…………」

　いっちゃいけない類の言葉が、わたしの口を衝きそうになったとき、厨房の方でガタリと音がした。テルちゃんか早智子さんが奥のスペースに引っ込むような気配がして、振り返るとそれがテルちゃんの方だとわかった。早智子さんは、出刃包丁を持ってこちら——というか、その横柄な男を見ている。わたしは何だか、すごく嫌な予感に襲われた。

そのときである。

戻って来たテルちゃんが、厨房ではなくまっすぐ売り場の方にやって来た。手に、なにか白い筒を持っていた。よく見ると、トイレットペーパーである。

わたしは呆気にとられたし、横柄な男も同様だった。

テルちゃんは、その隙だらけの男の目の前に使いかけの細くなったトイレットペーパーを突き出し、ニコニコと笑った。それが、今朝の早智子さんを思わせる、得体の知れない笑顔なのだ。そして、こういった。

「クソして寝ろ」

それは、いつもの「キャハハハハ」と甲高く笑う剽軽なテルちゃんではなかった。かつてのVシネマのコワモテの主人公みたいな、迫力と怖さとカッコ良さがあった。一方、女性店員にセクハラしている情けない敵は、おのれの姿をテルちゃんの底光りする両眼の中に映し見たわけで、その反応は本当に映画やドラマみたいにわかり易かった。いや、むしろ野生動物の生態を追ったドキュメンタリー番組の一場面のようであった。

くたびれた感じの横柄で無礼なセクハラ男は、無言で走り去った。怒っているテルちゃんに対して、一言の反論もせず逃げたのだ。それはまるで、捕食者に鉢合わせしてしまった非力な小動物のような素早さであった。

（うしろのしょうめん、だあれ）

わたしは、口の中でそう呟いた。

＊

温室の中央辺り、徳利椰子のそばにあるベンチに黒バラ夫人と一緒に腰かけていた。

このところの波瀾万丈な出来事を話すと、黒バラ夫人は分別めいて腕組みをする。袖の生地がレースになっていて、細い腕が透けて見えるのが麗しい。

「テルちゃんは――」

わたしが、テルちゃん、テルちゃんというものだから、黒バラ夫人にまでその呼び方が移ってしまったようだ。

「その日のテルちゃんは、やっぱり虫の居所が悪かったんだと思うわ」

「ですよね。いくら規格外の人でも、いつもとは違ってましたもん」

「たぶん、前の日に何かあったのよ。あなたがホテルの前で見たのは、やっぱりテルちゃんだったんだと思うわ」

「相手は、疋田夫人ってことですか?」

わたしは、思わず身を乗り出した。ゴシップや噂話は好きではないが、このところのいろいろは、自分の中で消化しきれず、何とも気持ちが悪かったのだ。黒バラ夫人だって、他人のことには責任も興味も持たないタイプらしいけれど、でも相談されるとうっちゃってもおけないようで、きちんと耳を傾けてくれる。

「おそらくね」

黒バラ夫人は難しい顔でいった。

「以前にも、焼け棒杭(ぼっくい)に火が点いたことがあるっていってたじゃない? それは、正確ないい方じゃないと思う。元々、テルちゃんは、ずっと一人の女性だけが好きなのよ」

「それって、疋田夫人のことですか? じゃあ、あの夜、そういうことが起ってしまったということですか? それで、テルちゃんは自己嫌悪でゴミ出しばあちゃんとか、セクハラおじさんとかに八つ当たりしてたんですか?」

ついつい声が大きくなってしまう。坊やをベビーカーに乗せた若いママが、驚いたようにこちらを見た。でも、わたしはそんなことで赤面する余裕もない。早智子さんという人がありながら、あの浮気オヤジめがと、すっかり頭に血が上っていたのだ。

「いいえ、そんな単純なことではなくて」

黒バラ夫人の口調がシビアになったので、わたしはドキリとした。

「テルちゃんの心は、もう奥さんのもとにはないのよ。テルちゃんは、今の生活に耐えられなくて、それで荒れた行動をとってしまったんだと思う」

「そんな――」

あの早智子さんを裏切るなんて、あんまりじゃないか。いや、「あんまりじゃないか」などという安直な言葉なんかで、とても表現しきれるものじゃない。疋田夫人――高遠加代さんが高校生のころから、テルちゃんは大勢いる取り巻きの一人に過ぎなかったのだ。そんな扱いしか受けていなかったのに、大人になってからも二股かけられてあっさり捨てられたのに、ずっと好きだなんてそんなの愛なんてものじゃない。少なくとも、わたしならそれを「バカ」と呼んでやる。

わたしがあんまり鼻息を荒くしていたせいだろう。黒バラ夫人は、持参した水筒からカップに紅茶を注いでくれた。

「ところで、あなたは大家さんのお孫さんと、モクタンの飼い主のどちらを選ぶの？」

「え？　選ぶって――？」

わたしは、どぎまぎしてしまった。「選ぶ」というのは、交際相手として選ぶという意味だろうか？　いや、そんな上から目線でないとしても、これから恋愛に発展するとしたら、どちらを彼氏にしたいと思っているかということか？

（いや――そんな――）

わたしは半分照れて、半分困った。メンチくんは感じの良い人だし、健留は好青年だけれど。

健留が好青年なのは、彼が好青年であるべく振舞っているからだともいえる。でも、メンチくんの方は、わたしが自分でそう判断している。

「微妙な違いかもしれないけど、でもその差は大きいと思います」

「わたしは、反対」

黒バラ夫人は、紅茶を一口すすってからいった。

「え？　どうしてですか？」

この人なら同意してくれると思っていたから、少し驚いた。

「健留くんは、身元がしっかりしているもの。良い会社に勤めているし、おじいさまも、中心地にビルを所有する立派な人物です。それにひきかえ、その――メンチくん？　ちょっと怪しいと思うの。身なりだけは人一倍良いみたいだけど、いつ働いているのかわからないし、第一まだ名前もわからないなんて、どうかと思うわ」

思いがけないいわれ方をして、わたしは吃驚（びっくり）した。健留は確かに身元が確かすぎるくらい確かだけれど、黒バラ夫人の感性からしたら、俗物で面白みがないといわれそうな気がしていたのだ。一方、メンチくんはそういわれてみれば謎めいたところが多いものの、なにやら面白い……そう、ロマンチックではないか。

「恋に火傷はつきものでしょうけど、火傷っていつまでも痛いのよ」

黒バラ夫人は、やけにしみじみといった。

「そちらのテルちゃんをご覧なさい。いまだに恋の火傷で痛がっているんじゃないかしら？」

「なるほど――」

わたしは、感心して頷いた。黒バラ夫人の忠告を全面的に受け入れるかどうかは別としても、こうして相談出来る相手が居るのはありがたい。

「ねえ、外のあずまやに行かない？　サンドイッチを作って来たのよ」

わたしはその誘いをありがたく受け、黒バラ夫人お手製のサンドイッチをご馳走になった。ツナとキュウリ、それからポテトサラダをはさんだ美味しいサンドイッチだった。ポテトサラダはキッチン・テルちゃんのものとよく似た美味しさだった。

7　ちきしょう。ちきしょう。ちきしょう

　次の日の朝一番に滝井さんが来店したのは、一昨日(おととい)のテルちゃんが引き起した騒動のせいだと思った。それで、テルちゃん当人はともかく早智子さんとわたしは神妙に対応していたのだが、どうも違うらしい。滝井さんはいつもと同じように、お惣菜(そうざい)を選んでいる。でも、態度が何となくそらぞらしいのだ。

（なにかあった雰囲気だけど――）

　キッチン・テルちゃんは十時開店である。

　朝一番の時間は、お勤めの人たちが、ちょっと外出したついでに昼食を調達しに来たりする。滝井さんもランチに夜食にと利用してくれる常連だが、午前中に現れるのは珍しかった。まだ短いわたしの勤務経験の中では、初めてである。

　それだけではなく、滝井さんは様子が変だった。いつもなら、てきぱきと高カロリーで味が濃い目で腹持ちのするようなものを選び、さっさと帰ってしまう。でも、今日はまるで優柔不断な様子で、いつまでもショーケースの前でうろうろしているのだ。まるでいいたいことがあるのに、口に出しかねているような印象である。

　それで、わたしたちは「やっぱり」と思った。一昨日のテルちゃんの大人げない仕

返し騒ぎを腹に据えかねて、お説教をしに来たのだ。それとも、本当はもっと悪い判決が下って、テルちゃんは刑務所とか拘置所とか「所」が付くような場所に入れられてしまうのか？　いや、判決というのは裁判で決まるものだろうから、そんなことはあるまいが……。

さすがのテルちゃんも気味悪く思ったらしく「滝井さん、何かあったのかなー？」と、おっかなびっくりな調子で尋ねた。

すると、滝井さんが弾かれたように顔を上げたものだから、わたしたちは吃驚してしまった。やはり、何かあったのだ。

「うちのシンスケ、来てませんでしたかね」

思いがけないことを訊かれて、わたしたちはやはり驚いた。

滝井さんは朝一番のお客なのだから、それより早い時間には誰も来ているはずがない。開錠と同時に入って来たのだから、滝井さんだってわかっているはずだ。それを敢えて尋ねるところに、何やらいわくがありそうな気がする。

勘ぐりを込めた三対の目で見つめられ、滝井さんはまるで自分が犯罪者であるかのようにたじろいだ。

「いや、あの、来てなければいいんです。あいつ、弁当を忘れて――」

にわかに急いで出て行ったけれど、わたしたちは怪訝そうに顔を見合わさずにはいられなかった。

「弁当を忘れて学校に行ったから、あわててうちでお惣菜を買ったってのかい？」

テルちゃんが名探偵みたいに、腕組みをする。

「滝井さんの話には、いくつかの矛盾がある。シンスケくんが弁当を忘れて行ったのなら、既に出来上がった弁当が家にあるはずだ。だから、うちでおかずを調達する必要なんかない。さらには、学校に行ったとわかっているんだから、ここに来て『うちのシンスケ、来てませんでしたかね』なんて訊く必要はないのだ」

名探偵ぶるテルちゃんを流し見して、早智子さんはわたしに向かい「テルちゃんね、このところ推理小説に凝り始めたのよ」と教えてくれた。

時間があればテルちゃんの推理の先が聞けたのだろうが、それから大海原のママが来て旦那(だんな)さんの愚痴をいい出したので、わたしたちの気持ちはすっかりそっちの方に向いてしまった。なにしろ、自分は太公望の生まれ変わりだと信じているタイ坊が、本格的に大間に移住して漁師になるといい出したらしいのだ。

「とかく第一次産業は高齢化と人手不足が課題だから、もしもタイ坊があっちに移住して漁師になったら、大歓迎されるんじゃないかな」

「何を正論いってんのよ！」

ママは怖い顔で怖い声を出した。

「あの表六玉は、まったく何の役にも立たない道楽者のゴクつぶしだけど、唯一の取柄はどこに行こうと必ず帰ってくることだったのよ。大間なんて、本州の端っこじゃないの。本州の端っこというのは、わたしにとってはパリやニューヨークと同じだわ」

「パリやニューヨークとは違うと思いますけど」

わたしは、控え目な声で呟いた。

「大間の近くの街に、自由の女神像があるんじゃなかったかしら」と早智子さん。

「大間のマグロって豊洲ですごい値段が付いたりしてるじゃないですか。いまさらタイ坊が行っても、活躍する場があるのかなあ」とわたし。

「そうよ。あの表六玉は、自分ってものがわかっちゃいないのよ」と、ママ。

「だけどさー、ママ。タイ坊のヤツ、太公望からマグロ漁師に目標を切り替えたのは、偉大な躍進だと思うよ。地に足がついてきたって感じだもんねー。あいつも、五十坂を越えて、ようやく真人間になって来たのだ――たぶん」

警察に連れていかれたばかりのテルちゃんがいっても、冗談のようにしか聞こえない。

「それにさー、亜美ちゃんがいうとおり、大間のマグロって豊洲の初セリで三千万円とか四千万円とかの値段が付くんだってよー。タイ坊がそんなの釣りあげたら、ママだってめっちゃ金持ちになっちゃうじゃんか」

「あたしは、お金なんかよりも、夫婦水入らずの小さな幸せが欲しいのよ！」

ママは鼻息荒く宣言した。

「絶対に阻止してやる。断固、反対してやる」

結局のところ、ママはそんな宣言をだれかに聞いてもらいたかったのかもしれない。相変わらず顔付きは険しかったけれど、それでも店に入って来たときよりは落ち着きを取り戻して出て行った。

ママって、まるでタイ坊の母親みたいな存在になっているのだなあと、わたしは思った。それはタイ坊が長いこと表六玉生活を続けてきたから、是非もないことなのだ。ママの無償の愛がなければ、タイ坊は今ごろは干物にでもなっていたはずだ。

無償の愛が母親的な愛に変換されるのは、わりと簡単なことだと思う。元より、女性には母性愛ってのがあって、それは相手が現実のわが子じゃなくても対象になるわけだし。

しかし、である。母親の愛は——親の愛は——、愛とは似て非なる束縛というものにも、簡単に変わってしまう。あるいは、愛と束縛は簡単にまじりあってしまい、それを行使する側は自分の愛情ばかり自覚して、束縛しているだなんて思いもしないのか。

だから、わたしは、ママの「反対宣言」を聞いて、ちょっと嫌な気持ちになった。

テルちゃんは冗談みたいにいったけれど、今回のことはタイ坊にとっては人生で初めての独立宣言かもしれないのだ。そりゃ、これまでの素行から見たら「気まぐれ」だとか「三日坊主」だとかと考える方が自然かもしれない。でも、最初から「あんたはダメ人間なんだから」と決めつけるのは、百パーセント正しいとはいえないのではないか？

ひょっとしたら、そんなことママだってとっくに気付いていたんじゃないか。ここで、話を聞いてもらいたいだけではなくて、本当はわたしが今考えたようなことを指摘してほしかったのかもしれない。

なんて思ったのだけれど、それからお客が立て込んだので、大海原まで行って「でもね――」と議論を再開させる機会を逸した。それにしても、こんなときに限って、どうしてこんなにお客が詰めかけるのか？

（もしかして、『初夏を先取り、ルンルン新メニューキャンペーン！』のせい？）

いや、まさか。確かに新メニューは美味しいもの揃いとはいえ、派手に宣伝しているわけでもないし、わたしごときの思い付きに福の神が微笑んでくれるはずもあるまい。

（でも、もしかして、わたしには隠れた商才があるとか？　テルちゃんも、働き者だって褒めてくれたし）

いや、まさか。わたしは、名刺の肩書に「なまけ者」と書いたっていいと思っている女だぞ。自慢じゃないが、「与えられた仕事を死に物狂いで頑張ることを誓いません」とスピーチした女だぞ。

なんて考えている閑があったら、レジを打たねば。お客さんたちに、お目当てのお惣菜を詰めて渡さねば――。そんな具合に大車輪で働きながらも、こちらが落ち着いたら一っ走り大海原まで行って、今思ったことを伝えるだけでも伝えようと思っていたのだ。

が。

大挙したお客の最後に店に入って来たのは、取り乱した感じの女の人だった。

白髪交じりの髪を趣味の良いスタイルの短髪にして、タイトなのに動きやすそうなスーツをまとった中年女性である。いかにもキャリアウーマン――人生の諸問題にも冷静に対処してきた現代の女戦士といった風貌だったから、ちょっとやそっとで取り乱すようなタイプの人とも思えない。

でも、その人は取り乱していた。

わたしを見て、テルちゃんを見て、早智子さんを見て、それから訴えるように口を開く。

「滝井シンスケが、こちらに来ませんでしたか？」

「え」

忙しさのおかげでシャキッとしていたものの、彼女の勢いに呑まれたのと、思わぬ名前が出たことでわたしたちはキョトンとした。それがいわゆる阿呆面に見えたのだろう。女の人の顔に濃い苛立ちがよぎり、それから思い出したように頭をさげた。

「わたし、滝井シンスケの母親です」

わたしたちはやっぱり阿呆面のまま滝井夫人——いや、離婚しているはずだからシンスケくんの母と呼ぶべきか——を見つめて、それから三人で同時にちょっと複雑なことを理解した。

滝井さんは子煩悩な父親を自任しているけれど、シンスケくんの方は父親に対して不満を持っている。家庭内で二人がどんな様子で暮らしているのかはわからないし、シンスケくんの様子から察するにたぶん笑顔で過ごしているのだろうが、その笑顔には少なからぬ無理が含まれていただろう。

「主人が——」

といい掛けてから、その人は「元夫が」といいなおした。

「今朝ほど連絡を寄越しまして——」

混乱を抑えるように、こめかみに手を当てた。いろんな感情を頭の中に押し戻しているように見えた。

「シンスケが、昨日から家に帰っていないのです」

「え、大変」

と、思わず口に出したのは、わたしだ。テルちゃん夫妻は年の功というものか、黙って相手の話を受け止めている。

「思い当たるところは、学校にも友だちにも連絡したのですが、居ないのです。だれも、心当たりがないというのです」

「警察には――」

いいかけたわたしは「ん？」と眉根を寄せた。父親の滝井さんは、警察官なのだ。

その場に居た三人の大人たちは、わたしと同じことを思ったらしく、いっせいにため息をついた。

滝井さんがいつもと違う時間に店に来たのは、実は息子を捜していたからなのだ。真っ先に「うちの息子が、来なかったか？」と訊かなかったのは、冷静な刑事だからだ？

(だったら、なにしに来たのよ)

このおかあさんみたいに慌てるのが、人情というものじゃないか。

テルちゃんと早智子さんも同感だったようで、揃って「捜しに行く」といい出した。

「ちょっと、待ってくださいよ」

わたしは、別の意味で慌てる。なにしろコンロにもグリルにも火が点きっぱなしで、揚げ物は揚げている途中だし、煮物は煮ている途中だし、焼き物は焼いている途中なのだ。これを放り出して行ったら、すべてが無駄になる。

「わたしが行きますから。わたしが捜し出しますから、皆さんどうかご安心を」

われながら頼もしい口調でいい放つと、強いボクサーがガウンを脱ぐみたいな動作で、店のエプロンを脱ぎ捨てた。

＊

自信たっぷりに店を出たものの、わたしはシンスケくんについてほとんど何も知らない。いや、どうしてあんなに自信たっぷりな態度を取ったのか、われながら理解に苦しむ。

（ええと）

父親の滝井さんだって勤務先の警察で何かの手を打っているだろうし、シンスケくんのことも心配だが、あのおかあさんにだって心のケアが必要な状態だったし、店の揚げ物と煮物と焼き物のことだって放り出して良いわけないし――。

などと考えるのも、なんだか無責任で不人情な気がする。いや、わたし自身がこうして捜索を買って出たのだから、無責任なんかじゃないはずだ。そう胸を張るためにも、わたしは大活躍をする必要がある。

が……。

シンスケくんは思春期真っ盛りの難しい年頃だし、こちらは二十代後半の理屈っぽいなまけ者だ。性格も性別も違う。何も共通点がないではないか。彼の行動範囲なんか知らないし、想像のしようもない。さて、困った――。

(ん?)

いや、共通点はあるのだ。思春期というのは、とかく理屈っぽいものである。聞けば滝井さんは内弁慶的な暴君のようだが、そんな父親になじめないシンスケくんは、ステレオタイプなOL生活になじめなかったわたしと似てはいないか。

(そうか。わたしたちは、似た者同士なのか)

それって、わたしが大人になりきれていないというだけのことかも。そう思ったら、なんだかムカムカしてきた。

(大人がなんぼのもんじゃ!)

などと内心で啖呵を切ってみたけれど、勢いで名案が浮かぶわけでもない。

もしや、シンスケくんも冷静さを取り戻し、今頃は学校に行っているのかもと思った。高校時代のわたしなら、よそで一泊するほどの親子喧嘩をやらかしたとしても、翌日はとりあえず学校に行ったと思う。休み時間に友だちを捕まえて親への憤懣と鬱憤と毒と悪口を吐きまくって、それで足りなかったら一時限くらい友だちを道連れに授業をサボッて、屋上で思う存分に憤懣と鬱憤と毒と悪口を吐きまくるのだ。それで満足なんか全然しなくても、なにせこちらは非力な学生だし、生活力ゼロだし、仕方なく帰宅するのである。帰ってからは、しばらく気まずい空気が流れるだろうがそのうち元の関係に戻る。

でもあのおかあさんの様子から見ると、そんな簡単な話でもなさそうだ……。

（ああ。それにしても、何か力が出ない）

わたしは、両手を胃の辺りに置いて、ちょっと情けない息をついた。こんな日に限ってやけに忙しかったので、いつもより多くエネルギーを使った上に昼食がまだだったのである。

ちょうどハンバーガーショップがあったので、そそくさと駆け込んだ。シンスケくんのことを思うとお昼なんか食べている場合かと罪悪感が湧いたのだけれど、腹が減っては戦は出来ぬわけで、せめて捜しながら食べようとチーズバーガーとコーラを買った。

（あれ？）

店を出て、ふうっと視線を横道に移したのは、後で思えば何か不思議な力が働いた感じがしてならない。天から伸びてきた目に見えない手が、わたしの頭を抱えて「ふうっ」と九十度横向きにさせた——そんな感じ。

そこは二級河川の土手になっていて、片方が河川敷で、もう片方に古い住宅地が広がる一帯だった。何かのっぴきならない事情があったのだろう。こんな季節なのに北に帰らなかった白鳥が一羽だけ、川面にぽつねんと浮かんでいた。

小太りの少年が土手に腰をおろして、ひとりぼっちの白鳥を見ている。

こちらには背中を向けた恰好だったけれど、この世界にあれほどドラえもんに似た男の子が二人と居るはずはない。

「シンスケくーん」

わたしはそう呼びかけてから、しかし、すぐに失敗したかなと思った。

向こうは学校までサボって世を拗ねた気持ちで居るわけだし、敵方(大人だから)の女が大声で呼びながら近付いたら警戒されるか逃げられる可能性が高い。しかも、わたしは今、食べかけのチーズバーガーとコーラを持っているのである。追跡には不利な荷物だが、これを打ち捨てて追いかけるのはもったいない。それに、道端に食べ物を捨てるなんて、わたしの公徳心が良しとはするまい……。

そんな危惧に反して、シンスケくんはこちらを振り返ったものの、逃げたりはしなかった。手にはやっぱり、ハンバーガーと飲み物を持っていた。お互いにそれを認め合い「あ、そこで買ったの？」「はい」なんて、まるで何事もないような会話まで交わし、わたしとしてはひとまず胸をなでおろしたのだった。

わたしは、シンスケくんの横に腰をおろす。こんな場合はいきなり本題に入るのは避けるべき——という分別はともかくとして、わたしはパクパクとチーズバーガーを食べた。実は、本当におなかが空いていたのだ。

「あの子、どうしたんだろうね」

ひとりぼっちの白鳥を見ながら、そんな言葉が口を衝く。

「怪我をしたとか、旅が出来ないくらい体調が悪かったとか、なのかな」

「それとも、ほかのヤツらと一緒に居たくなかったとか——」

「それはないんじゃない？　白鳥は群れで生活するもんでしょ」

「人間も群れで生活するけど、うんざりするときもあります」

「ああ、それはある。あるある」

「亜美さんは、そういうのきらいだから会社を辞めたんでしょ？」

「ええ？　いやいやいや」

わたしのプロフィールに尾ひれが付いて、こんな高校生にまで知れ渡っているというのは、歓迎したくない驚きだった。わたしが「亜美さん」であると彼が認識している時点で既に驚きだが、そこはこっちも相手が「シンスケくん」だとわかっているからお相子か。

「シンスケくん、昨日、どこに居たの？」

さりげなさを装って訊いた。本当は薄氷を踏むくらい緊張していたんだけれど、まァどうでもいいけどさ……という感じを出すのには成功したと思う。シンスケくんも、気のない調子で「知り合いン家」と答える。

「おとうさんが店に来たよ。それから、おかあさんも来た」

「一緒に？」

驚いた顔をしたので、わたしはかぶりを振ってみせる。シンスケくんはシニカルに笑った。

「きみ、おとうさんと喧嘩でもしたの？」

「喧嘩？」

心外そうにいい返される。

「あの人は、ぼくのことを下僕くらいにしか思ってないんです」

シンスケくんが部屋の掃除をしていると、床にはいつもポイ捨てされたプラスチックの袋や、タバコの銀紙が落ちている。使って空っぽになったティッシュの箱は、シンスケくんが片付けなければ永久にそのまま。台所でも平気で放屁する。シンスケくんがゴミ出しに行って戻ってくると玄関が施錠されている——朝だから寝ぼけて鍵を閉めてしまったとのこと。いくらドアフォンを押しても、二度寝して起きて来ない。シンスケくんが怒ると、逆ギレ百倍で、伝家の宝刀「パパは、仕事で疲れているんだ」と一喝される。滝井さんがこれを唱えたら、シンスケくんは陰陽師に調伏された悪霊みたいに黙らなければならないのだ。そんな伝家の宝刀は、逆ギレのたびに抜き放たれる。それじゃ、伝家の宝刀というより、モラハラ乱射事件だ。

「うーん」

滝井さんがいう子煩悩な父親像と現実との乖離が、もはや致命的なレベルになっていると思う。シンスケくんのいうのが真実ならば、滝井さんを育てた親の顔が見てみたいものだ。いや、見なくていい。

「そら、大変だわ。かなり、嫌だわ」

わたしは、コーラをズズ……と啜った。

「ていうか」

と呟くなり、シンスケくんは黙ってしまう。わたしも黙って白鳥を眺めていたのだが、さすがに沈黙が長いので彼の横顔に目を移した。

「ここで拾ったんです――犬――子犬――」

「へえ」

と、わたしは「子犬」という可愛いワードに微笑んでみせた。でも実はその時すごく嫌な予感がしたのだ。だからその先を聞きたくなかったけれど、シンスケくんは続ける。

「雨の日だったんですよ。十年も前のことで、ぼく、まだ七歳で。両親が離婚したすぐ後でした」

「うう……」

胸騒ぎが強くなって、思わずうなってしまった。シンスケくんは、わたしの反応なんか気にせず――というか、わたしが隣に居ることも忘れたみたいに、無表情な調子で続ける。

「犬を拾ったときは、父は一緒に喜んでくれたんですよ。両親の離婚以来、ぼくが久しぶりにはしゃいでいたから、ホッとしたんでしょうね。でも、その時に雨に濡れて、ぼく、熱を出したんです。それで肺炎になっちゃって、入院することになっちゃって――。父は仕事もあって世話ができないからと、ぼくの子犬を保健所にやっちゃったんです」

「………」

わたしは、言葉をなくしてしまった。シンスケくんに対するデリカシーとか、気遣いとかは、フッ飛んで消えた。今、ここに滝井さんが居たら、わたしはどんな罵詈雑言をぶつけたかわからない。たぶん、当時のシンスケくんも、そうしたのだろう。そして、あっさりと伝家の宝刀で一刀両断にされたのだ。

ちきしょう。

ちきしょう。

立場が弱い者は、こんなことをされてまで黙っていなくちゃならないのか。

きっと、その日からシンスケくんは、父親のことを一瞬たりとも許してなんかいないのだ。

そうだ、許すことなんかない。

許すことなんか、全然ない。

でも、わたしの口は心とは正反対のことをいっていた。

「でも、きみ、家に帰んな」

「え？」

シンスケくんは、最悪の裏切り者を見る目でわたしを睨(にら)んだ。皮肉にも、わたしの気持ちはシンスケくんと同期していたので、怯(ひる)まなかった。

「だって、想像してみなよ。家に帰るのを拒否して、断固として家出を決行したとする。きみは、とてつもない苦労と苦痛を経験することになると思わない？　将来の展望だって、今よりも限りなく狭まるよ。わたしは家出したことないから具体的なこといえないけど、どう考えてもロクなことにはならないと思う」

「……………」

「確かに、これから家に帰ったって、また同じことの繰り返しでしょうよ。きみは同じ苦労をして、ときとしてそれは苦痛だろうさ。でもさ、家出しちゃってする苦労と比較検討してみなよ。どっちが、ヒドイと思う?」

「……………」

「きみのおとうさんは、きみを愛している――」

といいかけたら、シンスケくんの顔が険しくなった。わたしは、敢えて平然と続ける。

「と思い込んでいる。思ってさえいれば、それは伝わると信じている。日本のおじさんの悪いクセだよね。『ありがとうございます』『もうしわけありませんでした』――会社に行くとさ、そういうワードトレーニングってのを朝礼のたびにさせられたりするのよ。人間関係に大切なものだから、わざわざ職場でトレーニングまでするのに。朝礼でそんなことしようっていい出したおじさんたちは、家族に対しては絶対にいわないんだよ。とくに、奥さんや子どもに対してはいわないんだよ。思いやりを口に出さないのが、男らしいと思い込んでるんだよ」

「ふん」

「そんなの、ただの礼儀知らずなのに」

「だね」

「だから、きみ、帰ったらおとうさんにいってやんなさい。親しき仲にも礼儀ありだって。人間として最低限、『ありがとう』と『ごめんなさい』はいえって。それが出来ないなら、警察なんか辞めて、保育園からやり直せって」

「は……ははは。はははははは」

シンスケくんが笑った。わたしは立ち上がり、シンスケくんの肩をたたく。

「わたしが、一緒に行くから。そして、今いったことを、わたしがいってあげる」

「え――でも――」

ドラえもんみたいな可愛い丸顔に、不安そうな色が過った。店の常連に対してレジ係が「保育園からやり直せ」なんていったら、わたしの立場が悪くなると案じているんだろう。

「心配ご無用。わたし、もうすぐあの店を辞めるんだ」

「え？」

シンスケくんの顔が、一層暗くなった。店員としてのわたしを、そんなに惜しんでもらえるとは思ったこともなかったから、ちょっと感動してしまう。

「キッチン・テルちゃんが入っているビルが、近いうちに取り壊されるって話があるのよ。お店は遠くまで引っ越しちゃうらしいんだ。わたし、運転免許ないし、遠くまで通勤するのが面倒くさいから、辞めちゃうの」

「え——でも——」

シンスケくんは、憤慨したように口を尖らせる。

「だって、この辺に住んでる人たち、普通に東京まで通勤してますよ？　友だちのおとうさんなんか、新幹線で仙台まで通勤したりしてますよ」

「それは、働き者のすることでしょ。でも、わたしは、なまけ者だもん」

8　え？　ええ？　えええ？

帰る道すがら早智子さんに電話をして、シンスケくんが無事であることを報告した。早智子さんには、大いに褒め(ほ)られたり労(ねぎら)われたりしたけれど、すぐにテルちゃんが電話をひったくったらしく、さらに盛大に褒められたり労われたりした。

——滝井さんに教えてやらなくっちゃー。すぐに家に向かうようにいうからな。シンスケくんも気まずいだろうからさー、亜美ちゃん、悪いけど少しそばに居てやってよねー。

「そのつもりですから、ご安心を」

わたしが優秀な執事みたいな口調で答えると、テルちゃんは「さすがー！」とか「日本一ー！」とお世辞をいってくれた。

滝井家に向かう途中で、わたしのスマートフォンが鳴った。滝井さんからである。どうしてわたしの番号を知っているかといえば、おそらく今しがたテルちゃんたちから教わったのだろう。

——すぐにそちらに戻ります。いろいろお手数をおかけしました。

慇懃(いんぎん)な調子でそういうなり、切れてしまった。

(自分の定位置は職場で、家なんかそちらってこと?)

シンスケくんから、すごい批判を聞いた後だったこともあり、滝井さんの態度は慇懃というよりは慇懃無礼だと思ってしまった。帰ってきたら、そのことについても文句をいってやろうと、胸に決める。

「ここです」

わたしがスマートフォンをポケットに収めたタイミングで、シンスケくんが立ち止まった。小さな門に「滝井」という表札が掛かっていた。こぢんまりしてよく似た住宅が居並ぶ中、滝井邸もやっぱりこぢんまりとして可愛い家だった。クリーム色のサイディングの壁にこげ茶色の屋根が載っている。庭には何も植わっていなくて、それでも雑草はきれいに抜かれていた。

家の中は、ひんやりとしていた。シンスケくんが、インスタントコーヒーを淹れてくれた。殺風景なリビングで、わたしたちはぼんやりと滝井さんの帰りを待った。

三十分が経過し、一時間が経過し、一時間三十分が経過した。

わたしたちは話題も尽きて黙り込み、お互いのため息を聞く。たまりかねたように、シンスケくんはこちらに向き直った。

「ぼくは大丈夫です。亜美さんに教わったように、自分でいいます」

「いや、それは――」

家出騒動の後で息子に「保育園からやり直せ」なんていわれたら、要らぬトラブルが起りかねないから、わたしは「待つ」といい張った。

「大丈夫です。保育園からやり直せ――とまではいわないから」

「でも、それじゃあ、シンスケくんの気が済まないでしょう？」

「ぼくは高校二年だから、大学に入るまでもう少しです。亜美さんにいわれたとおり、家出して苦労するという選択肢を選ぶのはナンセンスだとわかってますから、我慢します」

「だけど――」

この子の胸の底にある遺恨が――大事な子犬の命を奪われた恨みが爆弾に変わることを、わたしは恐れている。家出という選択肢は論外だが、間に入ってくれる母親も居ない。だから、そのことも含めて滝井さんには「きちんといい」、滝井さんからも「きちんとした返事」をもらう必要があるのだ。当然、その重荷をシンスケくんに丸投げするのは心配すぎる。

「そのことに関しては、大丈夫です」

シンスケくんがニコニコしたから、わたしは思わず怪訝そうにその丸顔を見つめてしまった。

「すみません。あの話、おしまいまでいってませんでした」

「ぼくの犬、死んでないんです。保健所から保護犬として引き取ってくれた人が居て、あれから十年経つけど、今も元気にしてるんです」

「どういうこと？」

「まあ……」

わたしはポカリと口を開け、それから「いや」とか「それは」とか「ええ？」なんて呟いてから、同じ言葉を大声で唱えて騒ぎ出した。

「すごいね！　奇跡みたいな話だね！」

「はい。その飼い主の人とは、ときどき会うんです。実は、昨日もその人の家に泊めてもらったんです」

わたしがあんまり喜んだせいだろう。シンスケくんは、家出から戻ったばかりとは思えない晴れやかな笑顔になった。

「さっき、川原に居たとき、実は家に帰る途中だったんですよ。というのも、その人に説得されて、帰るしかないなあと思って——でも、気が重たくて——」

そこに、チーズバーガーを食べながらわたしが登場したというわけだ。あのとき、すでに家出の危機を脱していたと今さらわかり、わたしとしては泣き笑いの気分である。

「なんだ、もう、早くいってよ」

「亜美さんがいってくれたこと、その人と同じだったんですよ。家で独立できる歳になるのを待つ方が、家出するよりはまだ楽だよって。それを聞いて、大人ってズルイなあと思ったけど、ズルイのも悪くないですね。うん、悪くない考え方です」

シンスケくんのいう「ズルイ」とか「大人」が意味するところを正確に理解できたかは、自分でもわからない。でも、思春期のシンスケくんは魂をむき出しにして生きているんだろうし、そんな人に褒めてもらったのは、ちょっと嬉しかった。

「悪くないですか、そうですか」

ニヤニヤしていたらインターフォンが鳴ったので、少なからず驚いた。来訪者だと気付くまでしばしの間が必要で、シンスケくんがスリッパの底を鳴らして玄関に向かうのを見て、ようやく滝井さんが帰って来たのだと思った。

でも、シンスケくんの後からリビングに入って来たのは滝井さんではなく、グレイヘアをショートカットにした中年女性だった。元滝井夫人——シンスケくんの母親である。十年前に家を出た母親とシンスケくんが、それからどんな付き合いをしてきたのかわからないけれど、二人の交わす笑顔には親子らしい情愛が揺ぎなく見てとれた。

滝井さんが自宅に戻らなかったのは、キッチン・テルちゃんに居たからである。

＊

正確にいうと、滝井さんは同僚の警察官たちとともに、スドー・ビルヂングに居た。店に戻って窓から中を見たとき、制服の警察官二人と私服のいかにも警察官という感じのおじさんたちが居て、わたしはとても驚いた。私服のおじさんたちがすぐに警察官だとわかったのは、その中の一人が滝井さんだったからである。

わたしはてっきり、テルちゃんがまた茶舗兼駄菓子屋の老店主とゴミ出し合戦をやって警察沙汰になったのかと早合点したのだが、そうではなかった。二階の骨董店が強盗に襲われたらしいのだ。

二階の播磨屋さんは、どうやって生計を立てているのかと大家さんにまで首を傾げられるくらいお客の入らない店なのだけれど、今日はめずらしく人が来た。ふらりと立ち寄ったという、刀の鍔の愛好家だ。わたしは骨董には疎いので「変な物を好きな人も居るものだなあ」と感心したが、同好の人は多いのだとか。文鎮に使ったりするのが粋なんだとか。なるほど、豪勢な書斎には似合いそうだ。

さて——店に入った途端、その一見さんは胸騒ぎを感じたそうである。なぜだろうと思い、異臭がするからだと気付いた。

いや、播磨屋さんが腐乱死体になって死臭がしていたわけではないのだ。鍔好きのお客がかぎ取ったのは、ごくかすかな臭いだった。それは、金気を含んだような何か危険な感じがした。

金気を含んだ臭気の元は、血だった。

レジカウンターの奥のコンクリートのたたきに、播磨屋さんが倒れていたのだ。頭からは大量の血が流れていて、播磨屋さんには意識がなかった。

播磨屋さんを守っていたはずの防犯のサイレンが「ウン」とも「スン」ともいっていない中、鍔愛好家のお客は慌てて一一〇番通報をしたのだった。

そして、滝井さんは部下を引き連れて事件現場に急行した。そして、キッチン・テルちゃんが入っているスドー・ビルヂングで近所の人――つまりテルちゃんたちや大家の須藤さんの証言を聞いていたため、私用（シンスケくんのこと）で仕事を抜けるどころではなかったのである。

そんな恐ろしい事件が自分の職場の頭上で起ったことに戦慄（せんりつ）したし、強盗の間の悪さにも腹が立った。犯人が裁かれるときは、滝井父子（おやこ）の和解を邪魔した罪も償ってほしいものだ。

播磨屋さんは救急車で病院に運ばれた。

頭の怪我は出血が多いわりに深刻な状態ではなかったのだけれど、ショックで心臓発作を起したらしい。それで、すぐに手術ということになり、今は集中治療室に居る。

「大変な災難じゃないですか」

憤慨のあまり、ついつい声が大きくなる。

「いや、どっちみち心臓発作は起したんだろうから、結果的には却って命拾いしたんじゃないのか？」

須藤さんは、冷淡なことをいった。

「でも、強盗に襲われてから発見されるまで、時間が経っていたかもしれないじゃないですか。怪我と病気の状態でずっと倒れていたなんて、可哀想すぎます」

「それがね、お客が来たのは、倒れてすぐだったらしい」

「……だったら、その人も強盗事件に巻き込まれてたかもしれないんだ……」

わたしは、怖気をふるった。買い物に行ったお店で強盗に出くわすなんて、怖いにもほどがある。

「お客さん、若い人だったみたいだから、鉢合わせなんかしたら、強盗を返り討ちにしたんじゃないのかねえ」

「そんなわけないと思いますけど」

スドー・ビルヂングは警察の規制線のテープが張られ、すごく物々しい感じになった。播磨屋さんのご近所さんといったら、大家の須藤さんのほかはキッチン・テルちゃんだけなので、テルちゃん夫婦は警察の質問に答えるのに忙しくて、仕事どころではなかった。

わたしはといえば、新参者な上に事件が起きたときは外出していたので、少しも役に立たない。警察の人たちにもテルちゃんにも、早引けしていいよといわれた。

滝井さんとテルちゃん夫婦にシンスケくんの様子を報告してから、わたしは思わぬ早い時間に解放されたのだった。

＊

自宅アパートの近く、前に健留に送られて帰ったのと同じ道で、偶然にもメンチくんに出くわした。やはり偶然にも、前に三人で鉢合わせした花屋のある交差点に、メンチくんはモクタンと並んで立っていた。

メンチくん！

そう呼びかけそうになり、慌てて言葉を呑み込む。わたしはまだ、この人の名前を知らないのだ。いきなりあだ名で呼ぶのは失礼だし、「メンチくん」なんてあだ名はいよいよ失礼に違いない。

それで、盛大にニコニコしながら「ええと、あの」と間の抜けた感じで呼びかける。

向こうは「やあ、亜美さん」といった。店のエプロンには昔懐かしい感じのネームプレートが付けてあるので、それで覚えてくれていたようだ。皆さんと同じく、苗字ではなく「亜美さん」と呼んでもらえたので、わたしは少なからず嬉しくなった。正直にいうと、ほかの人に呼ばれるより、かなりもっとずっと嬉しかった。

「あ、ぼく、名乗ってませんでしたよね。ソエダといいます。ソエダヒロム」

ソエダヒロム？　エキゾチックな呪文みたいな名前だなと思っていたら、「添田・大夢」と書くのだといった。なかなか素敵な名前だが、今さら名乗られてもわたしの中では既にメンチくんという呼び方が定着してしまっている。

「こないだ、一緒に居た人、彼氏ですか？」

添田大夢さんであるところのメンチくんは、そう訊いてきた。

彼氏？　はて？　わたしは首をかしげてから、健留のことだと気付いて笑い出した。

「あははは、まさか。彼は職場の大家さんの孫ですよ。あの人が不動産会社なんかに勤めているせいで、大家さんはビルの解体を決めたみたいだから、いってみりゃアイツは敵みたいなもんですね」

「ああ、やっぱりあのビル、解体するんですか」

メンチくんは、複雑な悲しみのこもった声でいった。そして、急に顔付きも声の調子も明るくなる。

「あの人が彼氏じゃなくて良かった。これで心置きなく誘えます」

そういって、細長い封筒を差し出してくる。手紙ではなくて、封もしていなかった。開けてみると『オージープランツ展』のチケットが入っていた。

「水曜日、お店が休みですよね。ご一緒にいかがですか？」

「え？　ええ？　えええ？」

わたしは目を丸くする。そして、すぐさま顔の筋肉が勝手にニヤニヤし出した。実はすごく嬉しかったのである。基本的に植物観賞も絵画鑑賞も映画鑑賞も一人で行く主義だが、つまりそれは負け惜しみだったことに気付いた。だって、意中の人に誘われたら、こんなに嬉しいではないか。

いや、待て。

やはり、メンチくんは意中の人なのか？　わたしは、やはり彼のことが好きだったのか？

＊

驚いたことに――というか、奇しくもというか――、翌日にも別の人から同じチケットを手渡された。別の人というのは、健留である。スドー・ビルヂング解体のことで祖父のところに来たついでに（と、彼はいった）寄ってみた（と、彼はいった）そうだ。

「亜美さん、こないだ、このイベントに行きたがってたでしょ？」

わざわざチケットを持参したことから、ついでに寄ってみたのではなく、案外とこっちが主要な用件だったはず――と勘ぐるわたしは、実は少しばかり思い上がっている。周囲から冷やかされていたこともあり、健留に好かれていることには確信があった。

「明日(あした)は水曜日で、亜美さんはお休みですよね」

「あ、ごめん。昨日、別の人から誘われたの」

こうした場合に事実をいって断るのは、いかがなものだろう。でも、嘘で取り繕う才覚がないから、わたしは正直にいった。あるいは、バカ正直にいった。嘘で取り繕う才覚がないというよりも、健留に意地悪してやりたいと思わなかったとはいえない。少なからずショックを受けている健留に、「あなたも、彼女さんを誘えばいいじゃない」などと無神経で残酷なことをいったわたしは、悪魔なんじゃないだろうか。それとも、魔性の女？　疋田加代さんみたいな？

＊

明日はメンチくんとデートだというのに、午後から雨が降り出したのは、健留に意地悪をいった罰だろうか。『オージープランツ展』が開かれるのはドーム球場だから、天気は関係ない。でも、どうせだったら気持ちよく晴れた空の下を二人で歩きたいし、寄り道をするにもお茶を飲むにも、雨の中というのは憂鬱だ。

キッチン・テルちゃんの営業中はずっと地元のFM放送を流しているのだけれど、天気予報のたびに「大雨注意報」とか「暴風警報」とか「竜巻の恐れ」なんて、嫌な言葉ばかり聞こえてきた。その日に限って、『カルミナ・ブラーナ』とか『トッカータとフーガ　ニ短調』とか『運命』とか『魔王』とか『はげ山の一夜』などという恐ろしい感じのクラシック音楽が立て続けに流れた。どうやら「怖くてドラマチックなクラシック全員集合！」という特集番組だったみたいだ。

風雨は時間とともに激しさを増し、でも店じまいの時間になってお客が立て込み、帰りが遅くなった。テルちゃん夫妻はしきりに恐縮して「今夜は買い物に出なくていいように、好きなお惣菜をたくさん持って行きなさい」といってくれた。

テルちゃんたちは片付けとかでもっと遅くまで残らなくてはならなかったけれど、

わたしは八時前にはあがらせてもらった。おかげで、ちょうどアパート近くの停留所まで行くバスに乗れた。これで、雨に濡れなくて済む。

しかし、である。

夕食と入浴を済ませてから、明日着て行く服をどうしようかという問題が発生した。本来ならば、もっと前から胸を躍らせて用意しておくべきなのだろう。遅まきながら、クローゼットやら押し入れの衣装ケースやらを引っ掻き回して、ワンルームの部屋はさながら悪漢に家捜しされたみたいな状態になってしまったのだけれど、問題はそんなことではない。

(どうしよう)

どの服も、いまひとつピンとこないのだ。デートに着て行くには、帯に短したすきに長し――というよりも、箸にも棒にもかからないような服しかない。

夏はTシャツに短パン、春秋はネルシャツにジーンズ、冬はフリースのパーカーにジーンズという省エネルギーな物ばかり着ているのが悪いのだ。いや、それで万事を済ませてきたツケが回ったというべきか。

会社勤めしていたころの通勤服は、気に入らなかったから全て処分してしまっていた。以来、通勤着についてとやかくいわれる職場に通ったことがなくて、プライベートでは尚更問題など発生しなかった。

（……って）

そもそも、わたしは今までどんな人と付き合い、どんな場所に行ってきたのか。

これまで彼氏というべき相手がまるで居なかったわけではないのだ。その人たちと付き合うのに、ネルシャツかフリースかTシャツばかり着ていたというのは、ちょっとした武勇伝になりそうな気がする。たぶん、わたしは彼らのことが好きでも何でもなくて、本気なんかじゃなくて、勝負服なんか着る必要を全く感じなかったわけだ。

なんとも、無礼な話ではある。

そのことに今さら気付いたのは、今度こそおめかしをする必要に迫られたせいで、つまりわたしはメンチくんのことが好きなのだろう。いや、今のは照れてごまかした物いいである。わたしは、メンチくんが好きなのだ。だから、当たり前のおしゃれがしたいのだ。

でも、改まった服は面接用のスーツくらいしかない。デートにリクルートスーツなんか着たらその時点でおしまいという気がするから、明日はネルシャツにジーンズか……。

そう思って肩を落としたときである。

クローゼットの中、ハンガーに吊り下げた青のネルシャツとグレイのネルシャツの間に、やけにふわふわした布が挟まっているのが見えた。

「あ」

確か、二年ほど前に、ネルシャツばかり着ているわたしに呆れた伯母が買ってくれたワンピースだ。濃紺のシフォンの生地に彩度は低いが華やかな花模様が散らしてある。ちっとも趣味ではなかったし、着て行く場所もなかった。つまり、タンスの肥しと呼ばれる代物だ。したがって、二年前の物でも、まったくの新品である。流行の形ではないから、古いと誹りを受けることもないと思う。

（これでいいね。これでいいよ。そうだ、確か――）

この服と一緒にパンプスも買ってもらったはず――。

急いで玄関に直行し、放り出したTシャツで滑って、あやうく転びかけた。ようやく体勢を持ち直して、小さな下駄箱を引っ掻き回す。

運動靴と雨天用の長靴と安全靴とつっかけと健康サンダルの中に、黒くて地味なパンプスが一足だけ埋まっていた。通勤用の歩きづらい靴は服と一緒に処分したのだけれど、この靴は伯母がわざわざ買ってくれたのだから、捨てるわけにもいかない。二年の間、こちらも下駄箱の肥しになっていたのである。

（あとはバッグだけど、まあいつものリュックでいいか）

あまり気合いを入れて慣れない恰好をしたら、ロクなことにならない。第一、小さなバッグというのは苦手だ。では、これで明日の準備は万全だと思ったとき、致命的な欠落に気づいた。

　ストッキングだ。

　パンストなんてもんは、肌触りは悪いし脚を締め付けるし、暖かくもないわりに暑い季節には暑苦しいし、おまけに伝線なんかしてしまうという、いわば女性の大敵である。だから、通勤用の服よりも靴よりも真っ先にゴミ袋に突っ込んでやったのだ。

　まだ袋に入った新品まで捨てたのを思い出して、わたしは胸をかきむしりたくなった。あの麗しいワンピースに、品の良いパンプス。そこまでは良い。しかし、生脚というのは——あまりにも女子力が低いではないか。普段なら女子力なんて言葉は鼻で笑ってやるのだが、今回はそうはいかない気がする。

「あーあ」

　窓の外は、常より濃い夜の闇が土砂降りで濡れていた。ストッキングを入手するにはコンビニまで行く必要があるが、それはすごく億劫だった。しかし、調達せずに済ませられる問題ではない。

　それで、わたしは雨合羽に雨天用のゴム長靴を装着し、財布と傘をひっ摑んで外に飛び出したのだった。

＊

コンビニは、普通に歩いて五分ほどの距離にある。

雨は相変わらずひどかったけれど、なんとかたどり着いた。マイバッグを持って来るのを忘れてレジ袋を一枚買う羽目になり、地球にも財布にもとても悪いことをしたような気持ちになった。この際だと思って、ノンアルコールのビールも一本だけ買った。

帰り道は、雨も風も強くなっていた。

視界が利かないし、道路が狭くて歩道のない箇所もあり、ちょっと怖い気持ちになる。

そんなときである。重たいものが衝突したような、大きな音がした。

わたしは思わず立ち止まり、歩行者信号の赤い色を、まるで引き込まれるように見つめた。

信号が青に変わる直前、クルマが急発進する音とタイヤがきしむ音が響く。わたしのアパートがある方角からだった。

(事故があったのかもしれない)

こんなにも視界が悪いなら、事故があっても可怪しくない。そう思ったら案の定、アパート近くの十字路にクルマのものと思しきライトの破片が落ちていた。

やはり、クルマの衝突事故があったのだ。

信号の光を頼りに目を凝らしたけれど、立ち往生のクルマも倒れている人影も見えず、ひとまず胸を撫でおろす。

安堵したと同時に、背筋に冷たいものが走り、思わず身震いした。

雨に打たれたせいで体が冷えたと考えるのが順当だろうに、そのときは幽霊にでも取り憑かれたような無闇な怖さを感じた。何にしたって、こんな雨の中に居ることはない。わたしは、逃げるようにしてアパートに戻った。

9　暴力なんてのは、敗北の証拠なのだ

翌日は、夜の雨なんか忘れてしまったみたいに、みごとに晴れた。文字通りの五月晴れである。

アスファルトのところどころに残る明るい空を映す水たまりだけが、昨日の荒天の名残だった。

スターゲートスタジアムは、ドーム球場である。郊外だが鉄の駅の間近にあって、緑地が多くて行楽客の利便をはかるための店や飲食店も立ち並んでいる。その場に居るだけで気持ちが弾んでくるような、楽しげな場所だった。

いつもならばスポーツ観戦の熱気に包まれるのだろうが、今日は園芸の展示会なので興奮というよりは落ち着いた陽気さが、そこここに漂っていた。わたしは伯母からもらった服を着て、雨の中で決死の思いで買い求めたストッキングを穿き、メンチくんを待っている。

少し早く着いたとはいえ、先方が先に来ていたら悪いので、早足で正面のゲートまで来た。履きなれない靴のせいで、足首の裏には早くも靴擦れを予感させる痛みがある。広いドームの中を歩いて観て回るのは、ちょっとしんどいかなあと思い、どこか

に腰を下ろしたいと思い、でもメンチくんに会う前にせっかくの服を汚してしまったら嫌なので我慢して突っ立っていた。

五分経ち、開場時間になる。それから十分経ち、二十分経っても、メンチくんは現れなかった。わたしが日にちを間違ったのだろうかとチケットを取り出して確認してみても、印字された日付は今日になっている。では、メンチくんの方がうっかり思い違いしているのだろうか。

確認しようにも、わたしは彼の連絡先も知らないのだ。そのことに初めて気付いて、愕然とした。急に自虐的な気持ちがこみ上げる。化粧もしないでネルシャツばかり着ている女を、わざわざデートに誘う人が居るとは思えない。彼は初手からすっぽかす気だったような気さえしてきた。

いや、メンチくんにのっぴきならない事情が発生したのかもしれない。つまり、急用とかアクシデントという類のものだ。でも、メンチくんもまたわたしの電話番号を知らないのである。思えば、お互いうっかり者だ。

ともあれ、常に身なりがちゃんとして、いかにも充実している感じのメンチくんだが、人とは栄光の大きさに比例して苦労も多いものなのだ。いわゆるフリーターのわたしでもハプニングに見舞われるし悩みもある。いわんや、メンチくんみたいに立派な実業家（と、わたしはメンチくんの身分をそう決め込んでいる）が、予期せぬトラブルと常に隣り合わせなのは、当然のことであろう。

それとも、今回のデートをデートだと思い込んでいるのはわたしだけで、メンチくんはもっと軽い気持ちでチケットをくれたのかもしれない。この『オージープランツ展』のポスターを物欲しそうな目で見ていたから、ごく軽い気持ちでチケットを恵んでくれて、自分も都合が付くなら一緒に観てみるのも悪くない……という程度に考えていたのかもしれない。だから、待ち合わせに遅刻しようがすっぽかそうが、メンチくんとしては罪悪感を覚えないのかもしれない。

（罪・悪・感か……）

以前勤めていた会社の同僚が、「罪悪感」を「悪罪感」と間違っていたことを思い出した。訂正するのも何やらはばかられたが「アクザイカン、アクザイカン」といわれると、「悪代官」みたいだなあと思ったっけ……。

なんて遠い記憶の向こうに現実逃避なんかしてみたのは、メンチくんへの恨みや自分の惨めさをごまかそうとしていたわけである。普段の恰好をして来たのならこの口惜しさも半分以下なのだろうけれど、わざわざクローゼットと衣装ケースをほじくり返して、暴風雨の中でコンビニまでストッキングを買いに行った苦労が無駄だったのだから、嫌な心持ちになっても仕方ないではないか。おまけに、慣れない靴のせいで足が痛いし——。

「亜美さん」

名前を呼ばれたのは、そんな具合に、わたしの気持ちがどん底の暗闇の奈落に落ちていたときである。

その声はどん底の暗闇の奈落に居るわたしに、奇跡のような光を投げかけたが、振り返る短い時間の中で、「メンチくんの声じゃない」ことに気が付いた。

「やっぱり居たんだ。わあ、いつもと全然雰囲気違うじゃないですか。可愛いなあ。亜美さん、モデルみたいですよ」

と、臆面もないお世辞をいい出したのは、健留だった。スーツにネクタイというつもの会社員スタイルではなく、ラフだが趣味のいい私服姿である。自分の方こそ雑誌に載っているモデルみたいではないか。つまり、彼はものすごく用意周到なデート仕様の身なりをしていた。髪の毛だけが、ちょっと変な方向に跳ねているけれど。

「どうしたの？」

誘われたとき、お断りしたではないか。意中の相手（わたしですが）が別の人間と会っている場所に、わざわざ出かけてくるなんて、自虐的すぎて不気味とさえいえる。その不気味さは、もはやストーカーの域だ。

という意味のことを遠回しにいうと、健留は懸命な感じでかぶりを振った。

「そうじゃないんです。あいつが——あの男が——つまり、今朝早く亜美さんの彼氏が、うちに来たんです」

亜美さんの彼氏というのは、文脈からしてもメンチくんのことを指すわけで、それを口にしたとき健留はものすごく不本意そうな顔をした。

健留の会社も水曜休で、しかし休日の予定がつぶれたので朝寝を決め込んでいた。そんなときに予期しない相手の訪問を受けたものだから、健留は大いに驚きまた戸惑った。

「あいつは今日、亜美さんの相手ができなくなったから、ぼくに代わってほしいというんです」

「なんで？」

なんで、わたしに直接いわないのか？　なんで、健留の住まいを知っているのか？　健留は大会社の社員だから、メンチくんの仕事のコネクションでたまたま知っていたのだろうか？

「おれも可怪（おか）しな話だなあと思ったんだけど、向こうはすごく困って気にしている感じだったし、ちょっと目を離した間に忍者みたいにドロンと消えちゃうし」

「忍者みたいにドロン？」

「おれが寝ぼけててまごまごしているうちに、とっとと帰っちゃったらしいんです」

「何か変な話」

「でも、まあ、亜美さんとデートできるなら断る理由なんか少しもないし、それで速攻で支度して来たんですけど——」

といって、髪の毛が跳ねている部分に手をやる。

「寝ぐせを直す時間がなくて——」

実は、昨夜は遅くまで飲んでいて、メンチくんが来たときは二日酔いで朦朧としていたらしい。

「ごめん。そんなときに、悪かったね」

「いやいや、とんでもない。亜美さんがあいつとデートすると思ったら素面で居られなくて、ヤケ酒飲んでいただけですから、こうしてこの場に居られるなんて天にも昇る心地です」

臆面もないことを平然という。大きな会社でバリバリ働く人ってのは、こんな感じなのかなあと、素直に感心した。

「さあ、行きましょうか」

健留は、まるでメンチくんが乗り移ったみたいに颯爽と入り口のゲートを手で示す。

わたしも気を取り直して向かおうとしたのだけれど、ため息が先に出た。

「ごめん。わざわざ来てくれたのに悪いんだけど、わたし会場に入る前にくたびれちゃった」

着る物が見つからないで本当に追い詰められたこともそうだし、ストッキングを買うための強行軍もしんどかったし、メンチくんを待って疑心暗鬼と自虐の黒い沼にはまり込んだのも極めて嫌な感じだったし、そもそも靴擦れのせいで歩くたびに足が痛いのだ。

「じゃあ、お茶でも飲んで、ゆっくりしますか」

よく見ると、健留の顔も血色がよくない。きっと、昨夜の深酒のせいだろう。

「お互い、もう若くないのかもね」

軽い口調で笑い合いながらカフェに向かったけれど、そのときのわたしたちの心中には、やっぱり同じモヤモヤがあったと思う。どうして、メンチくんはわざわざ健留にデートの代役を頼んだのだろう。それって何か変だし、絶対変だし、いろんな意味で変だと思った。

そのさまざまなバリエーションの変さを追究するには、わたしは疲れていたし、健留も酒が残って辛(つら)そうだったから、以心伝心、お互いに気づかないフリをすることにした。

カフェで人心地ついた後は、会場には入らないで、場外に設けられたショップでメンチくんにお土産を買った。

＊

昨夜、コンビニの帰りに事故を思わせる音を聞いたけれど、あの時にやはり何かあったらしい。健留との番狂わせのデートの後、同じ道を通ったらアスファルトにタイヤの痕が残っていた。それは危険な感じの急カーブを描き、ガードレールにも凹みが生じていた。凹んだ部分には、クルマのものらしい青い塗料が付いている。うっかりしたドライバーがガードレールにぶつかって走り去った——ということなのだろうか。

播磨屋さんのときのような規制線は張られていなかったし、ひしゃげたガードレールの横を小学生たちが平気な顔で歩いていた。立ち話中の奥さんたちが、ときおり顔をしかめてガードレールの方を見ていたくらいだ。

わざわざ出かけて行った『オージープランツ展』の会場に入る元気がなかったのは、靴擦れやメンチくんにすっぽかされたショックだけが原因ではなかったようで、夜になったら喉が痛み出した。雨の中で無理に買い物に行ったから、風邪を引いたのかもしれない。

（なんか、バカみたい）

メンチくんの謎の行動については、まだモヤモヤしている。それで、早めにお風呂に入って、風邪薬を飲んで寝てしまった。翌朝目が覚めたら、喉の痛みは消えていた。お客やテルちゃんたちに風邪をうつさないよう、念のためにマスクをして出勤した。

「亜美ちゃん、亜美ちゃん、上の播磨屋さんねー、意識が戻ったんだって」

売り場に顔を出したとたん、テルちゃんがオーケストラの指揮者みたいに両手を振りながらいった。強盗に襲われて入院していた播磨屋さんだが、強盗のせいというよりもショックのために心臓発作を起して以来、ご近所連はずっと心配し続けている。明るいニュースに飢えていたのか、わたしは風邪のガラガラ声で「良かったー」を連発した。

＊

再び滝井家の騒動が勃発したのは、その日の午前中だった。

『初夏を先取り、ルンルン新メニューキャンペーン！』の賑わいも下火の様相を見せ始め、以前と同じく長閑に過ごしていたら、不意に興奮した空気が自動ドアの向こうからなだれ込んで来たのだった。

それは、滝井夫人――シンスケくんの母親の元滝井夫人だった。

彼女は早口で「シンスケが――」といったけれど、みなまで聞く前にわたしたちは「また家出した」のだと確信した。

確信は外れてはおらず、その元凶である滝井さんは元妻に「頼む」と連絡を寄越したなり、仕事に向かってしまったのだという。それで、元滝井夫人は怒り心頭に発していた。

「あの人が悪いんです。あの人が悪いんです。あの人が悪いんです」

低い声で呪文のように繰り返すので、こじれ具合のひどさが伝わってきた。

「あの人がいつものように家でだらしなくしているから――」

脱いだものは脱ぎっぱなし、食べたものは食べっぱなし、警察官のくせして玄関の鍵も忘れて、それを指摘したら滝井さんは軽く答えた。

――おまえ、気がついたならそれくらいやっとけよ。

そして、使いすぎて効き目が鈍った伝家の宝刀を持ち出した。

――パパは、仕事で疲れているんだ。

父親の決め台詞を聞くやいなや、シンスケくんは間髪を容れずにいい返した――ぼくだって、勉強で疲れているんだ。パパみたいなダメな大人になりたくないから、猛勉強しなくちゃならないからね。

「あらまあ」

キッチン・テルちゃんの三人は異口同音に呟いて、互いの顔を見る。

「そりゃあ、キツイことといったもんだな」

「シンスケくんだって、堪忍袋の緒が切れてたのよ」

そして、シンスケくんは畳みかけるようにいった。

――親しき仲にも礼儀ありだ。「ありがとう」と「ごめんなさい」がいえない大人は、仕事なんか辞めて保育園からやり直せ！

あら……。

わたしは思わず口を押さえた。これは、わたしが入れ知恵したことである。「ありがとう」と「ごめんなさい」がちゃんといえる大人なら、そこで何か胸を衝かれるものがあったろう。だが、いかんせん、滝井さんはもっと重症だったのだ。シンスケくんは前に、自分は下僕みたいなものだと自嘲していたけれど、それは自嘲ではなく純然たる事実だったのかもしれない。暴君は、下僕を暴力で躾けるべき――と考えていた――らしい。

滝井さんは、シンスケくんの諫言を暴言と受け止めて、暴力で応えた。頬に平手打ちをしたのである。

「やだ、警察官なのに、そんなことしていいわけ？」

わたしはガラガラ声で怒る。

「暴力なんてのは、敗北の証拠なのだ！」

若いころに喧嘩をして留置所に入れられた経験があるくせに、テルちゃんは臆面もなく哲学者みたいな思案顔になる。

「思い余ってキレて暴れるなんて、まさに犯罪者のすることですよ。保育園ではなくて、牢屋に入って頭を冷やせばいいんだわ」

早智子さんも、珍しく厳しい調子でいった。

わたしたちの共感を得られたせいか、元滝井夫人は泣き声になる。

「お願いです。力を貸してください。わたし——みなさんしか頼れる人が居ないんです」

キッチン・テルちゃんの三人は単なるお惣菜屋とはいえ、前回わたしがシンスケくんを捜し当てたこともあり、元奥さんとしては藁にもすがる気持ちでここに来たのだろう。なにせ、元凶である滝井さんには少しも頼れないのだから。

——余談だが。

別れた奥さんに息子のことを任せたまま、自分では何もしない滝井さんに、どうしてシンスケくんの親権があるのかというと、離婚の原因が奥さんにあったからなのだとか。奥さんに好きな人が出来て、それで夫婦は別れることになった。それに、当時の滝井さんはさすがに今よりは父親業に熱心だった。

テルちゃんのいうとおり、暴力なんか振るったほうが負けなんである。とくに、親子仲良く暮らしていこうという前提がある家庭内において（滝井さんは子煩悩を自任している）、話し合いを放棄して暴力で解決しようなんて、自ら負けを認めたようなものだ。しかも、自分の落ち度を指摘されて逆ギレの挙句、暴力を振るうなんて、ならず者の所業である。いや、ダダっ子のレベルである。

人間はバカさと賢さのバランスの中で生きているわけで、そういうのが集まったのが家庭だし職場だし社会なわけで――。賢そうな人に安易に心酔するのも、愚かな人を簡単にさげすむのも、すごく危険なのだ。いわんや、自分を賢者だなんて思っちゃったら身動きが取れなくなってしまう。きっと滝井さんだって「だらしなくていいじゃん。人間だもの」といいたいんだろう。でも、そこで「ごめんね」といわずに威張るから問題が起きてしまうのだ。

「早智子さん、火は消したよね？」

「大丈夫ですよ、テルちゃん」

ちょうど厨房での作業が一段落したところだったから、今日はテルちゃん夫婦が捜索に出かけることになった。わたしが風邪気味だったせいもあるし、テルちゃん夫婦も世話好きだし、目の前で泣きベソをかいている元滝井夫人を助けないなんて選択肢はなかったし、何より理不尽な仕打ちを受けて家を飛び出したシンスケくんの心情を思うと、何もせずにはいられないじゃないか。

「じゃあ、亜美ちゃんには捜索本部長をお願いするよ」

テルちゃんは「キャハハハ」と笑って、シャドーボクシングの真似をした。

*

お昼時にお客をさばき切れないといけないから臨時休業にしようとテルちゃんはいったが、わたしの独断でお店は開けておいた。自分たちのせいで店を休ませるとなったら、シンスケくんのおかあさんはいよいよ立つ瀬がなくなるだろうし、もしもシンスケくんがここに現れてもドアが開かないと引き返してしまうかもしれない。

ワンオペというのは大げさだけれど、一人で留守番なんて初めての体験だったし、朝に飲んだ風邪薬のせいなのかどうも緊張感が続かない。商品や釣銭を間違わないようにしなけりゃと気持ちをひきしめた。

それなのに、お客はちっとも来なかった。まるで、こちらの事情を察して来店を自粛してくれているみたいな気さえする。でも、普通に考えると閑古鳥が鳴いているわけだから、憂慮すべき状態ではある。

しかし、如何(いかん)せん、風邪薬が効いてうつらうつらしてしまい、カウンターの前に人の気配を感じて慌てて顔を上げた。

「昨日は、すみませんでした」

目の前に、メンチくんが居た。

「え？　あ、どうも——いえいえ」

わたしはちょっとマヌケな感じで、顔の前で手を振ってみせた。頭がぼやけて、夢でも見ているような気分になる。慌ててほっぺたをこすったりしても、少しもしゃっきりしなくて困った。

メンチくんは、いつものように仕立ての良いスーツを着て、でも気まずそうに頭を下げている。そのせいか、少し顔色が冴（さ）えないように見えた。

「急な事情で、行けなくなってしまい、どうにか健留さんに代役をお願いしたんです」

そういってから、慌てたように付け足す。

「彼は亜美さんのことを本気で思っているわけだから、代役なんていったら失礼ですね」

「あははは。でも、髪の毛に寝ぐせがついてましたよ」

マスクの中でもぐもぐいうと、メンチくんは改めて気づいたように心配する。

「風邪ですか？」

「バカは風邪引かないというのに、変ですよねー」

古典的な冗談をいってから、店内を目で示した。

「お客さまの子どもが家出しちゃって、店長と奥さんが捜しに出てるんです。うち、お節介ばかり居るからなあ。二階の防犯サイレンもしょっちゅう誤作動して、テルちゃんが止めてあげないと鳴り続けてましたからね」

「そういえば、その骨董屋さんに強盗が入ったそうですね。ご主人は意識が戻ったんですか？」

「今朝、ようやく目が覚めたんだそうですよ。強盗のせいっていうよりも、心臓発作を起して、そっちの方がヤバかったらしいです。意識が戻って一安心ですよ」

「それはよかった」

メンチくんは、目を細めてにっこりした。特別に美男子ではないのだけれど、こういう笑顔なんか実に感じが良い。

「ねえ、亜美さん」

「はい？」

「何か壁にぶち当たったときに、誰々さんならどうするかって考える――なんていうでしょ」

「うーん。たまに、聞きますね」

「ぼくはね、そんなシチュエーションに直面したときは、他人の行動パターンを想定するよりも、どうするのが自分らしいかと考えて決断するべきだと思うんです。そうしたら、結果がどうなろうと、納得できますからね。逆に、人真似をして良い結果になっても、それはやっぱり過ちなんだと思う。だから、亜美さん。分かれ道で悩むようなときは、亜美さんらしい選択をしてくださいね。それが、亜美さんにとっての正解なんですから」

「はあ」

唐突にお説教のような人生哲学のようなことをいわれて、わたしは面食らった。どう答えていいのかわからなかったから、いっそ話を逸らしてごまかしてしまおうと思う。あれこれ考えてから、「そうだ」とひそかに手をたたいた。昨日、『オージープランツ展』のイベントで買ったお土産があったのだ。

「あの、メンチくん――いや、ええと、添田さんにお土産を買ったんです。今持ってきますから、ちょっと待っててください」

急いで休憩室に駆け込んだ。ロッカー代わりの棚からリュックを引っ張り出し、キッチュな模様の紙包みを取り出す。バンクシアというユニークな花をデザインしたキーホルダーである。いかにもヘンテコな形はわたしの好みだし、金属製のちょっとスタイリッシュなデザインはメンチくんにも気に入ってもらえると思ったのだ。

「お待たせ――」

なにせ狭い店だから、戻るまでに一分もかからなかったと思う。でも、キーホルダーを握って急いで帰った売り場には、メンチくんの姿はなかった。

「あれえ？」

たった今起ったことが、不意に現実味を失くした。

「うーむ」

風邪薬のせいで、寝ぼけていたのだろうか。メンチくんが来たのは、夢だったのだろうか。

10　わたしは、手ひどい裏切りに遭った気がした

シンスケくんを見つけたのは、滝井さんだった。

このところ、父親としてチョンボ続きの滝井刑事が、心を入れ替えて真人間――いや真父親になるために、仕事を後回しにして息子の行方を捜した――のではない。後回しにされたのは相変わらず息子の方で、敏腕刑事の滝井さんは、強盗犯の住居の捜査に向かった。そう、警察はとうとう、播磨屋さんを襲った犯人を特定したのである。

そこは古い住宅街にある一軒家だった。

今では珍しくなってしまった板壁の古い家屋で、広くもない敷地には破れかけた板塀が巡らされ、狭い庭があった。ちょっと見た感じでは、廃屋かとも思える雰囲気だが、カーテンがかかり、郵便受けにチラシやダイレクトメールが溜まっているなんてこともなく、玄関前は雑草が抜かれ、きちんと掃除もされていた。そして、犬の声がした。

「だめだよー、モクターン」

聞こえてきたのは、犬の声ばかりではない。いかにも楽しそうな少年の声がした。

それは、わが子の声だった。

シンスケが、なぜここに――？

後回しにはしていたものの、息子のことは当然ながら心配していた。だから、シンスケくんの声を聞いて、脈絡もなく悪い想像が膨れ上がった。

わが子が犯人に拉致(らち)されている――？

逮捕状があるのに、そんなのはお構いなしに滝井さんはそのボロ家に突進した。同僚や部下たちとの連携なんてそっちのけで、文字通りに単身で家の中に突っ込んで行ったのだ。玄関が施錠されていなかったからよかったものの、さもなければオンボロの引き戸はギャグ漫画みたいにブチ破られていたかもしれない。

「…………」

「…………」

ものものしい侵入者の気配を感じ、家の中の声はサッと止んだ。

家は狭く、玄関を入るとすぐにトイレと風呂(ふろ)があり、階段と廊下を挟んで居間と台所があるきりだ。外から目測した感じでは、二階は二部屋といったところだろう。ベランダの代わりに、すごく懐かしい感じの洗濯物干し場があり、二階に犯人が潜んでいるとしたら、それは逃亡経路にもなり得る。滝井刑事がいきなり飛び込んでしまったとはいえ、同僚たちが要所要所を押さえていたから、囲みを破られる心配はないのだが。

しかし、ボロ家に居たのはシンスケくんと、すごく不細工な雑種犬だけだった。

親子は唖然とし、また愕然としたりして互いを見つめ、同じことを呟く。

「なんで、ここに居るわけ？」

不細工な犬は少年を庇うようにして一歩前に出て「うー」なんて威嚇してみたものの、現役の刑事相手にそんな脅しが通用するわけもない。却って痛々しいので、逆にシンスケくんが抱きとめて侵入者、つまり父親を睨み上げた。

「息子の家出した先を見つけたからって、ここまでする？」

そういった声には心底から呆れた響きがあったが、滝井さんは息子によく似た丸顔をさらに険しくした。

「おまえ――まさか、共犯なのか？」

「はあ？　なにそれ？」

シンスケくんは、苛立ちを露わにした。一方の滝井さんは、混乱の極みの中にありつつも、ふと視線を落とした。

「その犬は――」

この際、犬のことなんかどうでもよかったはずだ。滝井さんは警察官らしく、動物というのは器物に過ぎないと考えるようにしている。すべての警察官が自分のペットまで器物扱いするような冷血漢ではないけれど、滝井さんに限ってはペットは家族だ

という意識がない人なのだ。だからこそ、このしっちゃかめっちゃかの一大事に、犬
つまり器物なんかに目をとめたのは、滝井さん自身にとっても意外なことだった。
「こいつ、モクタンじゃないか」
かつての——十年前のご主人に名を呼ばれ、犬は眉間に悲しげな深い皺を寄せた。

＊

以下に記すのは、主にシンスケくんからの電話や、キッチン・テルちゃんでの井戸端会議のまとめである。

警察と泥棒、そして滝井親子の思い違いを、思い違いのままに再現すると、まるで落語みたいな話になることだろう。でもややこしいので、時系列に説明しておく。

まずは十年前、両親が離婚して間もない雨の日、シンスケくんは川の土手から子犬を拾ってきた。とても不細工な雄の子犬で、しかし愛嬌が人一倍ある。父親の滝井さんは基本的に動物は器物だと考える人なので「めんどくさい物を拾ってきたなあ」と思ったけれど、母親の不在でふさぎ込んでいた息子が元気になるならばと、飼うことを許した。シンスケくんが大喜びしたのは、いうまでもない。

ところが、ほどなくシンスケくんは風邪を悪化させて入院してしまう。滝井さんは

警察官として仕事に私情を持ち込めない立場だし、離婚したから家事もしなくてはならないし、おまけに入院した息子の世話があるときては、完全にパンクしてしまった。

だから、器物を片付けた。息子の大切な犬を保健所に持ち込んだのだ。

ここに、長年にわたる滝井父子の亀裂が発生する。

でも、犬はすぐに引き出してもらえた。シンスケくんが名付けた「モクタン」という名前のまま、今日に至るまで大切に飼われてきた。

新しい飼い主とシンスケくんが出会ったのは、散歩していたモクタンを発見したときのことだ。モクタンは最初の恩人であるシンスケくんを覚えていて、再会を喜んで大騒ぎした。

それをきっかけに、モクタンの新旧の飼い主は交流を続けてきたのだった。

で、モクタンの第二の恩人の名は、添田大夢といった。

つまり――おどろくなかれ――メンチくんである。

モクタンを助けた当時、彼は十九歳だった。母親は翌年病死して、父親は三年後に交通事故で亡くなった。メンチくんはいろんな仕事についたけれど、どれも長続きはしなかった。

わたしは惚れた欲目でいうわけではないが、彼は何かとスペックが高すぎたのではないだろうか。若いのに並はずれて堂々としているし、爽やかで感じがいいし、頭の回転も良いし、運動神経も良いみたいだし、人当たりが良いし——。

でも、学歴が低かった。スポーツ特待生として推薦入学した高校を、中退したんだそうである。嫉まれる要素と侮られる要素を併せ持つ、社会人としては損なキャラクターだと思う。

わたしなどは独自のなまけ者哲学によりしばしば転職をする人生を選んでしまったけれど、仕事をするときに学歴というのはおざなりに出来るものではない。立派な学歴がなくても裸一貫で立身出世する——などというのは、今の時代では難しいだろう。天涯孤独な身となり、社会でまっとうに成功するチャンスは少ないけれど、すぐれた能力を持った添田大夢は——メンチくんは、泥棒になった。それも、空き巣のコソ泥だ。

さきほどわたしは、滝井さんたちが強盗を探し当てて、この家に来たといったが、そのことはちょっと置いといて——。

後々わかったことだが、空き巣しかしないこと、コソ泥に徹することが、メンチくんのポリシーだった。だからって褒められた稼業ではないけれど、空き巣とコソ泥であれば、まだお天道さまにも草葉の陰の両親にも許してもらえる気がした。暴力沙汰さえ起さなければ、鼠小僧もアルセーヌ・ルパンも好感度の高い主役として人気があるわけだし。

播磨屋さんのときも、メンチくんは空き巣に入ったつもりだった。でも、播磨屋さんは奥まった場所にある帳場で、ちょこなんと店番をしていたのである。泥棒に入られて播磨屋さんは驚き慌て、メンチくんも大いにあせった。お互いに逃げようとしたり、相手を制止しようとしたりして、すったもんだの騒ぎとなり、播磨屋さんは転倒したうえ心臓発作を起して病院送りとなってしまった。結局、空き巣も強盗も紙一重じゃないか。

（ああ……）

メンチくんが空き巣の常習犯だったと知り、当然のことだがわたしは大いにショックを受けた。彼が良い身なりをしていたのは、ひとさまの家を荒らしたお金で好き放題に衣服を仕立てていたからだったのか。昼間も夜も勤めに出ている様子がなく、自由で颯爽（さっそう）としていたのは、わたしが憶測したような青年実業家などではなく、泥棒だったからなのか。最初に会ったとき、スーパーのセルフレジで万引きを疑われたのは、レジの使い方が下手だったのではなく、手癖が悪くて本当に盗んだからなのか——亀の子たわしを。

風邪っ引きのわたしが一人で留守番をしていたとき、メンチくんがなぜかは知らないが、わざわざお説教をしに来たように思えてならない。あのとき、彼はいったのだ。
——どうするのが自分らしいかと考えて決断するべきだ——という意味のことを。

他人を見習うよりも、自分らしく行動しろってことだろうけれど、彼は自分らしく行動して泥棒になったというのか。それって、偉そうに他人を諭すような話？

わたしは、手ひどい裏切りに遭った気がした。

メンチくんにももちろん腹が立ったし、自分自身にもうんざりした。わたしが彼に好感を持ったのも、人を見る目がなかったから。セルフレジで彼を庇ったのも、まんまと騙(だま)されたから。先日の『オージープランツ展』のチケットは盗んだお金で買ったものだろうし、そんな彼にお土産まで買ったわたしって、もうどうしようもなくバカみたいではないか。

……話を戻す。

警察がこの家に――メンチくんに目を付けたのは、播磨屋さんを襲った強盗としてなのだ。それがたまたま空き巣常習犯と同一人物だったってことらしい。

メンチくんが強盗犯だった証拠として、彼の住まいから播磨屋さんにあったはずの刀の鍔(つば)が発見された。

警察はまず、播磨屋事件の第一発見者を疑った。というのは、その人が忽然(こつぜん)と行方をくらましてしまったからである。その消え方が不自然だったので行方を追っていたら、第一発見者が実は強盗本人だったという結論に至った。

逃げた犯人は、お客兼第一発見者として、播磨屋さんのために救急車を呼んだ。そうなると警察も来てしまうが、その場を善意の第三者としてやり過ごした犯人は、あとは姿をくらましてしまった。それで警察に目を付けられたのだ。

なんだか、間が抜けている気がするけれど。

第一発見者が強盗犯で、その素性は添田大夢。捜査が進むにつれて一連の空き巣事件の犯人であることも判明した。

それで警察が来たのに、添田大夢は自宅にも居なかった。居たのは、相手が泥棒とは知らずに親しくしていたシンスケくんと愛犬のモクタンだけ。

「どうして、ここに居るんだ」

父やほかの警察官に尋問されても、シンスケくんにとって添田大夢は愛犬の恩人に過ぎない。わたしだって、テルちゃんだって、早智子さんだって、彼はメンチカツが好きなメンチくんであって、どんなに頭を切り替えても彼が泥棒だったなんて信じるのはすごく難しい。

「モクタンの世話を頼まれたんだよ。ぼくだって、もう七歳の子どもじゃなくて、来年は成人になる歳なんだから、外泊くらいで騒がないでよ。パパだって、仕事で何日も留守にするじゃん」

「警察の仕事と泥棒の手伝いを一緒にするヤツがあるか。泥棒に騙されて反省もなしとは、言語道断だ」

「ねえ、少しは辻褄の合う話をしたら？　添田さんが犯人だってのはまだ警察の中の情報だし、それをぼくが知って行動することは百パーセント無理でしょ」

シンスケくんは可愛げのない理屈を展開し、父親を怒らせた。滝井家の殺伐とした空気を察して、同僚の刑事が気を遣ってくれた。

「添田は、きみにどんなことをいったのか、なるべく正確に教えてくれないかな」

「はい。スマートフォンに電話が来たんです。モクタンの世話が出来なくなってしまったって。どうしても抜けられない用事が出来て、長く留守にしなくちゃならないから、当面の間、この家に通って餌と散歩の世話をしてもらえないかって」

シンスケくんはいわれたとおりにした。元々、自分の犬をメンチくんが助けてくれたのだから、こんなときに世話をするのは当然のことだと思ったのだ。でも、昨夜はモクタンの元気がなくて心配だったから、そばに居てやった。

「平手打ちに怒って家出したんじゃなかったのか？」

思わず訊く父親に、シンスケくんは黙って肩をすくめてみせる。「職場の人たちの前で、そんな話をするわけ？」の意味だ。滝井さんは怯み、同僚たちは顔を見合わせた。

「どうせパパは家に戻らないだろうし、モクタンを家に連れて行くという選択肢は存在しないわけだし。いっとくけどパパ、ぼくにとってモクタンは器物じゃないからね！」

これこそが、シンスケくんの伝家の宝刀なのだ。息子からの愛と信頼を損ねたのは、モクタンを粗末に扱ったからだということには、滝井さんだってもう気付いている。滝井さんには滝井さんのいい分があったけれど、それをゴリ押ししたら致命的な結果を招く。だから、滝井さんは黙るよりなかった。

ところで、メンチくんはどこに行ったのか。

それは、警察もまだ摑(つか)んでいない。

キッチン・テルちゃんにおいても、テルちゃん夫妻とわたしと常連客は、出口のない繰り言に時を費やすばかりだ。

「播磨屋さんで強盗事件になっちゃったから、怖くなって逃げたんじゃないのかなー」

テルちゃんは、難しい顔でいった。

「あの、好青年がねえ」

富樫さんが、レジカウンターにもたれながら嘆息した。

「今じゃ、指名手配犯なんてねえ」

「指名手配って——なんかすごい感じがしますね」

わたしは、茫然(ぼうぜん)と呟(つぶや)いた。でも、胸の奥の奥では、何か違うような気がしているのだ。

メンチくんが『オージープランツ展』に誘ってくれたのは、まさに強盗事件のあった日の夜だった。わたしが以前にそのイベントのポスターを見つけた場所で、彼はわたしを待っていた。

（なぜ？）

彼は二人分のチケットを買って、会えるかどうかわからない偶然を頼りにわたしを待っていた。

（なぜ？）

泥棒だったとわかった人に対して、こんなことを考えるなんてバカらしいかもしれないけれど、わたしはメンチくんが自首する気だったんじゃないかと思うのだ。最後にわたしと会って、面白い姿の植物を見て「ワイワイ、キャイキャイ」と騒いで、それから警察に出頭しようとしていたんじゃないかと思うのだ。

しかし、実際のところ、メンチくんは自首どころか行方をくらませた。モクタンのことさえ置き去りにして、消えてしまったのだ。

それでも、モクタンのことはシンスケくんに、わたしとのデートの代役は健留に頼むあたりは、呆れるくらい律儀な人——律儀な悪漢である。

「犯人が捕まるまで、安心できないねえ。怖い、怖い」

富樫さんが首をすくめて、テルちゃんがいつものように「キャハハハハ」と笑った。

何か軽口をいうつもりだったらしいのに、不意にハッとした表情になって、仕事着のポケットからスマートフォンを取り出している。

（ン？）

奇妙に思ったのは、普段はテルちゃんも早智子さんもスマートフォンは休憩室に置いてあって、仕事中に使うことがなかったためだ。このところ、二階で強盗事件があったり、滝井家の騒動やメンチくん騒動、それに店の移転の関係で手続きなんかもあるせいだろうか。テルちゃんたちも、電話を手離せないくらいおちつかない日々を過ごしているわけか。

そんな中で、わたしは終日、レジ係としてきぱきと働いた。頭の中も心の中も胸の中も、メンチくんのことで飽和状態だった。だから、なまけ者らしい理屈を展開する余裕などなく、結果として感じの良い店員として過ごせたのだった。

閉店時間が近付くと、テルちゃんが一足先に出掛けて行った。行先はいわなかったけれど、早智子さんは気にする風もなく片付けをしている。

「そうそう、三階に新しいテナントが入るらしいの」

鼻歌を歌いながら、そんなことをいった。

早智子さんが鼻歌を歌うなんて初めて聞いたし、取り壊し寸前のビルに入居者があるというのも奇妙な話だと思う。鼻歌は『みかんの花咲く丘』で、最初のフレーズだけ何度も何度も繰り返していた。

自分の経験からいって、人は鼻歌を歌っているからご機嫌だとは限らない。実際、早智子さんは何となく不機嫌そうだ。だからその日は、新しい入居者のことも聞けず仕舞いだった。

＊

帰り道、スナック大海原の路地があるのと反対側、銀行の支店なんかが並ぶ大通りで、テルちゃんを見かけた。わたしはその先にある書店に寄るつもりで同じ方向に歩き、奇しくも尾行でもするような恰好になってしまった。だって、こんなシチュエーションで声を掛けるのも、何か気まずい感じがするし。

テルちゃんの背中は、なんだか暗かった。だから、ますます声が掛けづらい。

ともあれ、テルちゃんはノロノロしているから、追いついてしまいそうだ。そうなると挨拶の一つもしないとマズイなあと思っていたら、相手はオフィスビルに入って行った。

（なんで？）

テルちゃんの雰囲気とはあまりにも似合わない小洒落た建物だったので、つい目で追ってしまう。エントランスは全面ガラス張りだから、眺めるだけで丸見えなのだ。テルちゃんという人には独特のオーラがあって、どこに居ても不思議と目立つ。人生一貫してガキ大将というか、男一匹お惣菜屋野郎みたいなタイプだから、ジワリと目立つのだ。

このガラス張りの近未来的なデザインのビルでは、迷い込んだ野生生物みたいにいよいよ目立った。テルちゃん以外の人たちは、みんなスマートで似たようなデザインのスーツを着て、似たような動作で足早に歩いている。

(やっぱり、わたしは、テルちゃんと同じタイプだったのか)

最初に就職した会社にうんざりしてしまったのも、面接で八方破れなスピーチをするわたしをテルちゃんが「気に入った」と褒めてくれたのも、キッチン・テルちゃんで働き出してから仕事が苦になると感じたことがないのも、わたしがあのガキ大将おじさんと同類項だったせいなのだ。

(こっちは、ガキ大将ってキャラじゃないけどね)

そう思いながら眺めるテルちゃんのがに股歩きは、なんだか変に愛しかった。わたしはテルちゃんを頼もしいと感じると同時に、どこか痛々しいとも感じた。

それはさておき、である。

テルちゃんは、ガラス張りのビル一階の一角にある喫茶室に入っていった。およそ、男一匹お惣菜屋野郎にとって、異次元空間に見えるスマートな店だ。待ち合わせをしていたようで、スーツを着た中年男性がすぐにテーブル席から立ちあがって会釈をした。こんなキラキラのビルにも出入りするけれど本当はガード下の居酒屋の方が似合っている——というタイプの人物だった。

テルちゃんと中年男性は窓から離れたテーブルに着く。腰を下ろしながら、テルちゃんの方が不意にくるりと頭を巡らせた。そのささやかな動作に、わたしはテルちゃんらしくない何かを感じ取った。男一匹ではなくて、いかにも臆病（おくびょう）な小心者みたいだったのだ。

そんなことよりも、立ち止まって観察していたわたしは、テルちゃんに見つかってしまった。

（あ、マズイ……）

何も慌てる必要なんかなかったし、道行く人たちやガラス張りのビルの中でビジネスライクに振舞う人たちみたいに、無機質な微笑なんか浮かべて小さく会釈して遠ざかれば良かったのである。

それなのに、わたしは最悪にドンくさい行動をとってしまった。「あ」といって丸くなった口を両手で隠し、それから走って逃げた。いやはや、そんな小学生みたいな行動をとる大人が、わたしのほかに居るだろうか。

居る。

それは、テルちゃんだ。

そのときのわたしは、テルちゃんを映す鏡みたいなものだったのだ。だから、わたしはテルちゃんの代わりに逃げたのだ。そんなわたしの頭の中に、早智子さんの歌う『みかんの花咲く丘』の鼻歌が繰り返し聞こえていた。

——思い出の道、丘の道、思い出の道、丘の道、思い出の道、丘の道、思い出の道、丘の道、思い出の道、丘の道、思い出の道、丘の道、思い出の道、丘の道、思い出——。

＊

翌日、出勤するとスドー・ビルヂングの前には引っ越し用のトラックが停まっていた。

播磨屋さんが退去するためではない。早智子さんがいったとおり、三階に新しいテナントが入るのである。播磨屋さんの方は店主が入院しているから、ずっと休業している。先週、ようやく警察の規制線が外れて、代わりに「準備中」の札が下がっていた。

三階に入居することになったのは、ミシンの修理店だった。引っ越し業者の人たちが帰り、お昼近くなってお店の人が挨拶に来た。還暦くらいの年配の男性で、一人で店を切り盛りするという。

「それは、大変ですね」

　早智子さんが、希望と思いやりのこもった声でそうねぎらった。テルちゃんは、昨夜の気まずい出来事など意識から消去したようで、わたしに対しても常と変わらず、そして新入りのミシン屋さんにも大いに明るく振舞った。

「引っ越し祝いに、特製幕の内弁当をご馳走しましょう。なに、お代はいりませんよ」

いつものように「キャハハハハ」と笑う声には、昨夜の疚しそうな気配は微塵もない。

　ミシン屋さんが帰ると、わたしは同じ弁当を二つ持って五階の須藤さんの住まいに配達に行った。須藤さんは新しい入居者が来て嬉しかったようで、機嫌良く迎えてくれた。健留も居合わせ、彼もいつも通りに元気でご機嫌だ。

　わたしは、そんな二人に問うような視線を向けた。

「新しいお店が入っちゃいましたね？　ビル、取り壊すんじゃなかったんですか？」

「思い直したんだよ」

須藤さんは、あっさりとそういってのけた。

「思い直した……んですか？」

あんたが壊すっていうから、ほかのテナントは退去したんじゃないか。テルちゃんたちだって遠くに引っ越すことにしているし、おかげでわたしは失業する可能性が、そう、98パーセントくらいあるんだぞ——という思いを込めて見つめても、須藤さんは悪びれた風もない。分別顔で頷いて「まあ、入りなさい」とわたしを居間に招じ入れた。

「実はねえ、播磨屋さんのお見舞いに行ったのだ」

「播磨屋さん、様子はどうでした？」

「怪我は大したことないが、やはり心臓発作は大変だったそうだよ」

そう聞いて、わたしは正直なところ播磨屋さんのためというより、メンチくんのためにホッとしていた。強盗さえ来なければ心臓発作も起きなかったとは思うけれど、でも直接負わせた怪我が重傷でなかったというのは、ほんの少しは朗報である。

「それは、まあ、いいんだけど」

須藤さんは、プラスチックの蓋の上から弁当をのぞき込み嬉しそうな顔をする。

「アジフライが入っている。健留、おまえの大好きなアジフライだぞ」

「今日の幕の内弁当って、ただのフライ弁当って感じですよね」

「名前が幕の内なら、いいんだ。名は体を表すっていうくらいだから」

須藤さんはいい加減なことをいって笑い、でも、すぐに暗い表情になった。

「で、お見舞いの話だが」

「はい」

「帰ろうとして病棟の廊下を歩いていたら、幼なじみに出くわしたんだ。実に、半世紀ぶりの邂逅だったが、向こうはすぐにわたしを見つけてくれた」

しかし、須藤さんは相手がだれなのか、名乗られるまでわからなかった。須藤さんの認知能力が低下していたのではない。相手が、すっかり変わり果てていたのだ。

「つい一昨年まで会社の重役をしてたヤツで、直接に会う機会はなかったが、向こうは新聞のローカル欄なんかにちょくちょく写真が出ていたんだ」

「へえ。お元気な人なんですね」

でも、須藤さんも負けていないと思いますよ、という前に須藤さんはかぶりを振る。

「お元気な人、だったんだ」

「ん？」

「仕事を引退したら、とたんに体にガタが来て、あっちこっちに面倒くさい大病が出てきたんだとさ」

引退したおかげで時間が出来て、健康診断を受けたおかげで大病が発見出来た――という風には須藤さんは受け取っていないらしい。目つきがひどく真剣なのでそんなフォローもいえず、わたしは黙って拝聴することにした。

「引退で力が抜けてしまい、命の灯火もまた消えようとしていたんだよ」

「そいつのやつれた姿を見て、わたしは人生の悲哀を嚙みしめながら病院を出た」

「え……」

「それは、それは……」

「歩いていたら、朝に食べるいつもの角食を切らしていたのを思い出して――」

そこで、健留が「角食ってのは食パンのことです」と耳打ちしてくれた。それは知らなかった。人生は、いつだって学びの連続である。

「遠回りになるが、久しぶりにミュータントに寄った」

「ミュータントというのは、祖父の同級生がやってるパン屋です」

「ユニークな屋号ですね」

「祖父の同級生、昔からSFマニアなんですよ」

「ちがう」

突然、須藤さんは悲痛な声を上げた。

「同級生がやっていたパン屋だ。そして、SFマニアなんではなくて、SFマニアだったんだ」

「ん？」

同級生は、去年、孫に店を譲った。息子は東京で商社マンをしているが、孫が脱サラして後継者になってくれるというので、たいそう喜んでいたそうである。その孫も一人前の職人に育ち、店を継いでくれた。ところが、それから半年も過ぎないうちに――。

「店は臨時休業していて、すぐ横にある住宅の玄関には忌中の紙が貼ってあったんだ……」

「あの――ええと――でも亡くなったのは別の方かも――?」

わたしは、懸命に悲嘆の矛先をそらそうとしたけれど、須藤さんはうなだれるばかり。やはり健留が横から「丁度奥さんが外に出てきたから、同級生のことを聞いたそうです」と、小声で説明した。

「わたしは、打ちひしがれたよ。独楽は回るのをやめると、倒れるしかない。人は働くのをやめると、死ぬしかない」

「いやいやいや。独楽と人とでは比較の対象にはなりませんって。うちの祖父なんか、区役所を定年退職してから二十年も働いてませんけど、ピンピンしてますよ」

「悪いが、なまけ者の亜美ちゃんのじいさまなら、なまけても体にこたえないんだろう。しかし、わたしは生来の働き者なんだ」

「むっ」

須藤さんだって大家さんとしてビルの最上階に君臨しているほかは、読書をしたりカルチャー教室に行ったりスナックに通ったりしているだけではないか。と、反論するほど子どもじみてもいないので、「はい、はい」と頷いてあげた。

「もはや歩いて帰宅する力も失くしたわたしは、タクシーを拾った」

そういった須藤さんは、どうしたわけか表情が明るくなった。またしても、健留が耳打ちする。

「ドライバーが、年上の元気なじいさんだったらしいです」

「高齢ドライバーですか。運転は大丈夫なんでしょうか」

「めちゃくちゃ、運転が上手かったそうですよ」

その人は八十二歳で、須藤さんよりも二歳年上だった。自分が一年生だったとき、このじいさんは三年生だった――と、須藤さんは思った。それを口に出してから「先輩ですな」と敬う口調でいったら、先方は気分良さげに「ふふふ」とほくそ笑んだ。

そして、このスドー・ビルヂングに着くまで、先輩は自分のことをいろいろ語った。本当は早く引退して、奥さんと二人で日本一周の旅をしたいんだそうである。ところが、会社に引き留められて、なかなか辞められない。

「仕事は辞めたらそれっきりだけど、旅行はいつでも行けますからねえ」

先輩は高笑いしたそうだ。

齢八十二にして、旅行なんかいつでも行けるという、この力強い将来展望に須藤さんは感動した。八十二歳でも若い連中に勝るとも劣らない運転技術にも感動した。そもそも、二歳も年上の彼が現役でバリバリ働いている姿が、輝いて見えた。そして、降車するとき、先輩はこういって褒めてくれたのだ。

「ビルのオーナーですか。それは、うらやましいなあ」

須藤さんはこの日の出来事を、神仏の啓示だと強く信じた。もはや、引退の二文字は胸から消え去っていたのである。

「なんだか、お釈迦さまが出家を決意したときみたいな話ですね」

「そのとおり。わたしはお釈迦さまとほとんど同じ体験をしたんだ」

それはいくら何でも僭越ないい方だと思ったけれど、須藤さんが元気になったようなので指摘はせずにおく。その代わり、健留の方に訊いた。

「健留さんの方は、それでいいの？」

「もちろんですよ。おれは孫としても一営業マンとしても、じいちゃんの幸せを最優先させるのが義務だもの」

ほう……。

わたしはちょっと感動して、小さく息を吐いた。そういう営業マンが——そういう社会人がこの地上にワンサと増えたら、地球はきっとすごくいい星になると思う。

「だったら、うちの店も出て行かなくていいんですよね？」

すっかり嬉しくなってそういうと、須藤さんの顔色がふと暗くなった。

「そうなってくれたら嬉しいんだが、テルちゃんは新天地に移る気満々だからなあ。こっちも退去をお願いした手前、残ってくれとはいいづらくてさ」

「――なあんだ」

一瞬だけ軽くなった胸の荷物が、また元どおりの重さに戻る。わたしは、今となってはキッチン・テルちゃんでの仕事に働き甲斐を感じていた。これはなまけ者の身には、奇跡といっても過言ではない心情だった。

キッチン・テルちゃんの給料はとても少なくて、でもテルちゃん夫妻に出せる精いっぱいの額だった。だから、もしも店が遠くに引っ越した場合、満額の交通費はとても見込めないだろう。移転の話を聞いたころは、通勤が大変だから退職もやむなしと思っていたけれど、今はもっとシビアな理由で退職を考えなければならないことに気付きはじめていた。

11　行きましょう！

滝井家騒動は、くすぶりつつも収束しつつある。

メンチくんは指名手配されたまま、行方がわからず、もちろん店にメンチカツを買いに来ることもない。

早智子さんはよく鼻歌を歌うようになり、テルちゃんは相変わらず明るくて磊落で ガキ大将みたいだけれど、あのガラス張りの喫茶室で見かけて以来、なんだか態度がぎこちない気がする。

そんなテルちゃんがスナック大海原の夫婦喧嘩の仲裁に出かけて行き、早智子さんが釣銭の両替のために近所の銀行に行っていたときである。富樫さんが、サトイモの煮っころがしを買いにきた。

「サトイモは亭主の大好物だけど、皮を剝くのが一苦労じゃないか。ぬめりを取るのに下ごしらえも必要だし、面倒くさいんだよねえ」

「じゃあ、たくさん買ってくださいね」

「ところで、大海原にタイ坊が帰って来たって聞いたけど――」

いいかけた富樫さんが、通りを見やった途端に黙り込んだ。

「どうしたんですか？」

「あの女！」

鋭くいうと、隙の無い目つきで目配せしてくる。

「道の向こう、自販機の近くに女が居るだろう？」

女が居るだろう——とは、何かサスペンスドラマを彷彿させるいい回しで、好奇心をくすぐられたわたしは身を乗り出して窓の外を見ようとする。

「駄目だよ、さり気なく！　向こうに気付かれないようにして、そっとご覧！」

富樫さんは、押し殺した声でいった。

「あれが、疋田さんだよ。旦那とテルちゃんを両天秤にかけた悪女ってのが、あの女なんだよ」

「え、疋田さん？」

話題の疋田さんが見られるとあって、わたしは無邪気に興奮した。富樫さんの指図まで探偵ドラマみたいなのが可笑しくて、こっそりと窓外を覗く。

（え……）

わたしはちょっと眩暈のようなものを感じた。

幻覚を見ている気がしたのだ。

「あの女、最近やけにこの店の周りをうろついてんのさ。まさかテルちゃんをたぶらかして、お金をせしめようって企んでんじゃないかと、わたしゃ気を揉んでるんだよ。ご覧、見るからに魔女みたいな女だろう——」

富樫さんのいうのを聞きながら、わたしは胸の奥で「魔女というより、美魔女だよね」と反論していた。腕の透ける黒いレース地の袖、ワンピースというよりドレスという感じに広がった裾。細いハイヒールの似合う有閑マダム然とした彼女は——。

（黒バラ夫人じゃん）

人生の達人にして、美しい賢者。孤独の哲学を前向きに語る、尊敬すべき人。わたしを理解してくれる人。

それが、疋田夫人——疋田加代さんだった。

そうと知れたとき、まるで手品の種明かしをされたみたいに、すべてが嘘くさく思えてきた。店の周囲を嗅ぎまわり、テルちゃんたちをたぶらかして、お金を取ろうとしている。そういう富樫さんの悪口こそが、リアルに聞こえた。

疋田夫人は——黒バラ夫人は、あまりにもわたしに寄り添いすぎてはいなかったか？

まるで、わたしのことを調べつくして、強引に接近して来たようには見えなかったか？

そして、わたしは黒バラ夫人から問われるままに、店のことも周囲の人のことも、ペラペラとしゃべりすぎやしなかったか？

＊

大切な話があると、シンスケくんから電話が来たのはお昼すぎだった。仕事中のスマートフォンの使用を自粛していると知っていたようで、店の固定電話に掛けて来た。その時点でこの少年らしからぬ強引さを感じ、何かあるとピンときた。

大海原の夫婦喧嘩が収まったのでテルちゃんは店に戻っていて、早智子さんも銀行から帰って来ていた。

電話を受けたのは早智子さんである。

「あら、シンスケくん。どうしたの？」

この一言で、わたしもテルちゃんも、滝井家騒動の再燃を予感したのだが、そうではなかった。シンスケくんは、わたしを電話口に呼ぶように頼んだ。テルちゃん夫妻が心配げに見守る中、わたしは受話器を耳に当てる。

――スピーカーフォンじゃないですよね。

開口一番、シンスケくんはそういった。大丈夫だと告げると、相手はいよいよ声をひそめる。

——亜美さん、今から仕事、早引けできませんか？

「え？　何かあったの？」

——ありました。でも、電話じゃ話せません。

「うん、わかった。頼んでみる」

——お願いします。パピーポピーで待ってます。

電話はそれで切れてしまった。

＊

パピーポピーは、中高生がよく行く露店のカフェである。しかし、オープンカフェなどというれっきとしたものではない。

店はテイクアウト専門の体を成しているけれど、店の敷地なのか路上になるのか、海の家風のプラスチックの椅子とテーブルが四セットくらい置かれていて、店で買ったお好み焼きやかき氷を食べながら友だちとおしゃべりなんかして過ごせる。いってみれば少年少女の社交場——買い食い専門店で、大人たちからはお目こぼしされているらしい。

わたしがこの街に来たのは短期大学に入学したときだったので、時すでに遅しで、この雰囲気を楽しむには年を取りすぎていた。でも、今日はそんなことをいっていられないようだ。

こっちも仕事を早く上がらせてもらったのだが、この時間だったらシンスケくんだって早退してきたはずだ。もしくは、エスケープとか。

「何かあったの？」

わたしは電話でいったのと同じ質問を繰り返した。

てっきり父子戦争の再燃だと察したキッチン・テルちゃんの三人の心配に反して、シンスケくんは予想外のことをいい出した。

「さっき、添田さんから電話が来たんです」

添田さん――メンチくんのことだ。驚きとか疑念とかが一気に湧いたけれど、そのインパクトが強すぎたことと、どれもあまり口に出したくないような感情だったことで、わたしは黙って頷いただけだった。

シンスケくんも、やはり同じような気持ちであったらしい。

「変な電話なんです」

スマートフォンを見せてくれた。着信は、今日の午後1時46分。シンスケくんが、店に電話を寄越した10分くらい前だ。電話の発信者は『添田さん』となっていた。でも、その内容が奇妙奇天烈だったそうだ。

「あんまり変だから、録音したんです」

シンスケくんがスマートフォンを操作すると、やがてすごく変なモノが聞こえてきた。ピアノともオルゴールとも聞こえる音色で、何かの旋律を奏でているのだが、とてつもなく調子っ外れなのだ。

「あ……」

わたしは、思わず口元に手を当てた。これと同じものを聞いたことがあった。植物園のそばで、よく似た不気味な音楽が鳴り渡っていたのだ。

（確か――）

近くを歩いていた人たちが、町内放送が壊れたままになっているのだといっていた。不気味だがよくよく耳を傾けると『トロイメライ』のメロディであり、近所の悪ガキたちは「地獄のトロイメライ」なんて名付けて面白がっているらしい。奇しくも、あの時わたしも同じようなことを考えたのだった。

そのことを掻い摘んで説明してから、わたしはシンスケくんのスマートフォンを怪訝そうに見つめた。

「でも、どうして彼からこんな着信があるわけ？」

「うん……」

シンスケくんは暫し黙り込み、やがて何かを決意したみたいに顔を上げた。

「亜美さん、本当なら、こういう話はしちゃいけないとは思いますが――」

「は――はい」

わたしは、シンスケくんの迫力にちょっと気圧(けお)される。

「父が電話で警察の人と仕事の話をしているのを、聞いてしまったんです」

珍しく早く帰ってきた滝井さんと二人で夕飯の食卓に向かっていたとき、電話が鳴った。その無機質な着信音から、仕事関係の電話だとわかった。

滝井さんは席を立ち、ダイニングの隣の和室に行って、ふすまを閉めた。でも、家の中は静かだし、ふすま一枚では何の防音効果もない。聞き耳なんか立てなくても、電話の内容はシンスケくんにも筒抜け状態なのだ。

だから、わざと聞いたのではないと前置きして、シンスケくんはその内容を教えてくれた。

メンチくんは、強盗事件の翌日から行方をくらましている。

その日の夜、A町の十字路で交通事故の通報があった。ひどい轟音(ごうおん)とタイヤの軋(きし)み音などがしたため、近所の人たちの多くは事故があったことを認識していたらしい。でも、夜だったし、ひどい土砂降りだったので、わざわざ外に出て来る野次馬も世話好きも居なかった。

それでも、少なからぬ人たちが、事故の様子を窓からこっそりうかがっていたのである。

「つまり、事故の目撃者が何人も居たんです」

「ちょっと待って。それって――」

わたしは、呟いたきり黙り込んでしまった。

A町というのは、わたしが住んでいる地区である。

シンスケくんがいっているのは、『オージープランツ展』前夜の話である。おめかしするのにストッキングがないといってコンビニに行った夜のことだ。

土砂降りの中で、わたしもクルマが何かにぶつかる音を聞いた。

帰宅するまで、不思議なほどだれにも会わなかったのは、雨のせいだったろう。でも、十字路には交通事故があったことを物語るライトの破片なんかが散乱していた。

雨はアスファルトの上を勢いよく流れていたから、そんな欠片が散らばっていたというのは、事故からまだあまり時間が経過していなかったことを意味する――ト？

つまり、シンスケくんがいっている交通事故は、わたしが現場を通りかかる直前に起きたということなのか。

「目撃者は大勢居るんですよ。みんな、家の中からこっそり見てた。だから、一部始終ははっきりとわかっているらしいんです」

シンスケくんは、そう繰り返す。

十字路で、人がクルマに撥(は)ねられた。

轢(ひ)いた方は、すぐにクルマから降りて被害者に駆け寄った。撥ねられた方は自力では立ち上がることはできなかったが、意識はあった。

加害者は被害者を抱えるようにしてクルマの後部座席に乗せて走り去った。こっそり見ていた近所の人たちは、轢いた人が一刻も早く病院に連れて行くために被害者をクルマに乗せたのだと思った。

「でも、どこの病院にもその被害者は運び込まれていないんです」

シンスケくんは、真剣な声でいう。

「どういうこと？」

「轢いたヤツが、被害者を連れ去ったけど、病院に連れて行かなかったってことです」

「そうなるね――」

「で、事故現場から添田さんの靴が見つかったんです。片方だけで、泥まみれでひしゃげていて――」

「え――ちょっと待って。事故の被害者がメンチくん――添田さんだってこと？」

「はい」

「助ける気もないのに、犯人はどうしてメンチくんを連れ去ったわけ？」

わたしは速くなる呼吸を抑えるように、口に手を当てた。

人身事故を起すなど、社会人としてとてつもない減点である。できれば、隠したい瑕疵（かし）である。

「まさか、被害者の口を封じて抹殺――」

そこで、わたしの胸の中に再びあの地獄のトロイメライが鳴り出した。幻聴といっていいくらい、確かに「レロレロレローン」と不気味に鳴り渡る。その音に交ざって、ある会話が脳内で再生され始めた。

――ここで聞こえるのは、まだ静かだわ。うちからだと、もっと不気味に聞こえるのよ。

――場所によって、聞こえ方が違うなんて、ますます不気味ねえ。おたくは、床村さんのお隣でしょ、床村内科。床村さんのところ、先生が亡くなった後は空き家なのかしら？

――先生は後を継がせる気で、あんな立派な病院を建てたんでしょうに。

――でも、ひとには向き不向きってあるもの。お医者さんって、血とか見なくちゃいけないでしょ？　そういうのが苦手な人には、無理だと思うわ。

――その点は大丈夫なんじゃないかしら。医学部は卒業したらしいもの。

地獄のトロイメライが聞こえる辺りに、プロではないけれど医療の知識がある人が住んでいる。そこは病院の建物だから、怪我人も事故車も一般住宅に比べたら隠し易いだろう。そして、事故の被害者であろうメンチくんから掛かってきた電話からは、地獄のトロイメライだけが聞こえていた。

「ねえ、シンスケくん。話が飛躍するみたいだけどさ——」

わたしが考えていることを話すと、シンスケくんは「それだ！」と大声を出した。

「そこの息子が、添田さんを拉致監禁してるんですね。医療の知識があるから、病院には連れて行かず、自分で手当てして治そうとしているのかな？　でも、怪我人を病院にも連れて行かないくらい非情なヤツなんだから、添田さんをコロシて口封じする可能性だってありますよ」

「そうかも——」

「だから、添田さんは今、めちゃくちゃヤバイ状況なんですよ」

「そんな——」

話が聞こえたのだろう。となりのテーブルに居た女子中学生たちが、胡散臭そうな眼差しを寄越す。でも、シンスケくんは構わない様子でスマートフォンを耳に当てた。

「もしもし、おれ、滝井。おっす、久しぶり、元気？　急で悪いんだけどさ、おまえん家の近くにさ、床村って病院あったよな？　おー、おー。そこん家の駐車場とか庭とかに、事故車隠してないか、調べてくんない？　家とか病院の敷地内には、絶対に入るなよ。おー、おー。頼む。じゃ、待ってる」

わたしたち大人に対するときとは全く別の口調で早口にいうと、シンスケくんはスマートフォンをポケットに戻した。そして、こちらの物問いたげな目に気付いて説明する。

「植物園の近くに、クラスの友だちが居るんです。で、その友だちに、問題の病院を見てくれるように頼みました」

「でも、まだ学校から帰ってないんじゃないの？」

一刻を争う気がして、わたしはちょっとイライラした。

「大丈夫。あいつ、ひきこもりで在宅中ですから、すぐに見てくれるそうです」

「ひきこもりの人が、そういうの調べられる？」

「窓から見るだけです。あいつん家の納戸の窓から、床村内科の庭が丸見えなんですよ」

シンスケくんの説明が終わる前に、ひきこもりの級友から返事の電話が来た。結果は大当たりである。雑草だらけの広い庭に、ボコボコになった青い車が放置されるように停められているらしい。

「行きましょう！」

ポケットから小銭を出してわたしの分の会計まで済ませ、シンスケくんは駅に向かって歩き出した。

＊

電車に揺られながら、わたしは自分のヒザを見つめている。

「でもさ——」

わたしたちは、肝心なことを忘れているのではないか。

メンチくんが交通事故に遭って加害者に連れ去られたとされる時点から後に、わたしと健留は彼に会っている。健留はデートの代役を頼まれたし、わたしだってキッチン・テルちゃんで留守番をしていたときに、来店したメンチくんにお説教みたいなことをいわれた。

そのことをいうと、シンスケくんはまるで刑事みたいに重々しい息を吐く。

「ぼくは今、学校の古典の授業で『源氏物語』を習っています」

「はあ……」

「あの話には、六条御息所（ろくじょうのみやすどころ）という幽体離脱体質の女性が出てきますよね」

「生霊になって、恋敵を攻撃する人ね」

そう答えてから、わたしは横目でシンスケくんを睨（にら）んだ。シンスケくんに掛かって来た電話はまだいいとして、メンチくんが生霊になってわたしたちに会いに来たというのは、ちょっと話が飛躍しすぎていないか？

「健留さんのところに現れたのも、亜美さんの前に現れたのも、どっちも一人のときですよね。で、亜美さんは風邪薬で寝ぼけていた。健留さんも寝坊してぼんやりしてたんでしょ。で、どっちの場合も添田さんは目を離した隙に消えてる」

「うん――まあ」

「二人とも寝ぼけていただけ――で片付けられちゃいそうな話ですけど、シチュエーションが似すぎてます。添田さんの強い意志を感じます」

わたしとのデートのことで、生霊になるほどのエネルギーを使ってくれたのだとしたら、何だかすごいと思う。感謝して感激すべきか、いよいよメンチくんのことを案じるべきか。わたしとしては、どっちも正解。でも、それにしたって生霊って……。

「生霊の存在について、完全に否定するほどの知識も情報も、ぼくにはありません。むしろ、ぼくに掛かって来た電話が最も幽霊っぽいですよね」

「確かに――」

耳に当てたら地獄のトロイメライが聞こえたときは、とてつもなく不気味だったと思う。

「幽霊が鳴らしたんじゃなければ、添田さんはまだ生きていると考えていいのでは？」

「ふむ」

わたしは、最後に会ったときの（このいい方は不吉で使いたくないが）メンチくんのことを、思い出そうとしていた。あのときのメンチくんは、わたしが風邪を引いていることを気遣ってくれた。

わたしはシンスケくんのことや二階の播磨屋さんの話をして、メンチくんは播磨屋さんの容態を尋ねたと記憶している。

――ご主人は意識が戻ったんですか？

播磨屋さんが意識不明だということは報道されていなかったから、この質問はそもそも可怪しかったのだ。意識は戻ったと教えると、メンチくんは笑顔になった。その笑顔を、わたしはすごく感じが良いと思ったのだ。

メンチくんが唐突に哲学じみたことをいい出したのは、その後である。

――何か壁にぶち当たったときに、誰々さんならどうするかって考える――なんていうでしょ。

――ぼくはね、そんなシチュエーションに直面したときは、他人の行動パターンを想定するよりも、どうするのが自分らしいかと考えて決断するべきだと思うんです。そうしたら、結果がどうなろうと、納得できますからね。逆に、人真似をして良い結果になっても、それはやっぱり過ちなんだと思う。だから、亜美さん。分かれ道で悩むようなときは、亜美さんらしい選択をしてくださいね。それが、亜美さんにとっての正解なんですから。

そして、わたしが前日のお土産を渡そうと席をはずしたら、彼は消えていたのだ。

（そう、まるで生霊みたいに――。ていうか、本当に生きているのかな。普通に、死んだ後に化けて出て来てたんだとしたら――）

そんなことを考えて愕然（がくぜん）としていたのだが、となりでシンスケくんがもっと差し迫った問題について言及した。

「でも、ぼくたちだけで、どうやって助け出しますかね」

12　亜美ちゃん、あんたはエラい！

　結果からいうと、わたしたちの推理はおおむね正鵠を射ていた。

　土砂降りの夜、コンビニから帰る途中でわたしが見たのはメンチくんが遭った交通事故の痕跡だった。

　クルマを運転していたのは床村という青年で、床村内科クリニックの一人息子である。先生は故人でクリニックは廃院、床村青年はカメラマンなのだが、医学部で学んだことがあるから医療の知識を持っていた。

　事故直後は、被害者を病院に連れて行こうとクルマに乗せたらしい。でも、気が変わった。自分で治療できると考えて、自宅に運んだのだ。自宅に隣接した父の仕事場は内科医院だったけれど、何とかなると思った。

　応急手当は上手く施していたそうである。メンチくんとも、それなりに親しくなった。メンチくん自身がスネに傷持つ身なので、ちょっと捨て鉢になっていたせいもある。怪我が治ったら事故のことは不問に付そう――なんて話になっていたのだそうだ。

　――ぼくも、どうせ強盗犯だし。

　そう告白したら、床村青年は驚いたしビビった。

メンチくんとしては、やはりこのまま口封じされてしまうのを防ぐための保険として、自分が警察に追われる身だと宣言しておいたのだ。誘拐や監禁などの被害者が加害者に好意を持つストックホルム症候群なるものがあるそうだが、今回のことはそれとも違う。時代劇で悪党同士が「おぬしもワルよのォ」といい合うのに近かったのではないだろうか。その点、シンスケくんの推理もわたしの危惧(きぐ)も、少し外れていた。

ともあれ、電車とバスを乗り継いで床村家に駆け付けたときには、メンチくんと床村の間にそんな取り決めがされていたなんて知るヨシもなく、わたしたちは銃撃戦は無理でも肉弾戦くらいはしてのける覚悟を決めていたのだった。

でも、そうはならなかった。

床村家の立派な門と広い屋敷を取り囲む道路には、複数の警察車両と制服と私服の警察官たちが居り、そして救急車も停まっていた。

堂々とした停まり方だった。

それもそのはずで、わたしたちが気付くほんの少し前に、真相を突き止めた警察が犯人逮捕と被害者の救出に向かっていたのである。——救出されたメンチくんは、ほかの事件の犯人でもあったわけだけれど。

ところで、拉致(らち)されている間にわたしや健留の前にメンチくんが現れたことについては、メンチくんは怪我で動けなかったのだから、解けない謎として残った。警察では第三者によるなりすましの可能性を疑っているものの、わたしとシンスケくんの間では「やはり生霊だった」という結論に至っている。

そして、わたしたちがメンチくんの居場所を知るきっかけになった「地獄のトロイメライ」の着信についてだけれど――。

犯人はメンチくんから取り上げたスマートフォンを、無造作にポケットに入れていた。そのポケットに、やはり無造作に手を突っ込んだときに、偶然にスリープ状態が解除され、またまた偶然に通話履歴と通話アイコンをタップしてしまい、それで偶然に電話が掛かってきたとのことである。

なにか超自然の力の介在を思わせる出来事だが、実はわたし自身も同じようなドジを過去に二回ほどやらかしたことがある。

*

「それにしても、亜美ちゃん、あんたはエラい！」

キッチン・テルちゃんの厨房（ちゅうぼう）から、テルちゃんがいつもの張りのある声でいった。

「警察署のプロの捜査官たちが知恵と機動力を結集し辿（たど）り着いた事件の真相に、亜美ちゃんはレジ打ちしながら気付いちゃうんだもんなあ。名探偵亜美ちゃんだよなあ」

「でも、そういう危ない場所に一人で乗り込むなんて、絶対にいけません」

早智子さんが、いつになく厳しい口調でいう。

「一人じゃなくて、シンスケくんも一緒でした」

「こんな凶悪事件に高校生を巻き込むなんて、ますますいけません！」

「はあい。すみませんでしたあ」

わたしは、軽薄な態度でぺこりと頭を下げる。

実際、女性のわたしと未成年のシンスケくんは、いわゆる「おんな子ども」ながら、警察署の猛者たちと同じくらいの推理をしたわけで、やっぱりちょっとエラいと思う。さりとて、推理を主導したのはシンスケくんの方だから、カエルの子はカエルというか、刑事の子は名探偵なのだろう。その先の危険を顧みずに敵地に乗り込んだ件については、早智子さんに怒られたとおりに浅慮だったと反省するよりない。シンスケくんは、滝井さんからわたしの百倍くらい叱られたそうだ。

「あ、そうだ」

テルちゃんが、何やら芝居じみた動作で壁の時計を見た。

「悪いね、タイ坊と約束があってさ。ちょっと出て来るよ」

そういって、テルちゃんが奥に引っ込んだ。

早智子さんは「そう」とだけ答えて、中華鍋に油を注ぐ。

わたしは、テルちゃんが消えた通路の方を見てから、通りを見やり、もう一度奥に続く通路の暗がりに目を向けた。

まるで手品か芝居の早変わりみたいに、素早く私服に着替えたテルちゃんが、鼻歌を歌いながら出て来た。いつもと違うように見えたのは、手に紙袋を提げているせいだった。早智子さんが不機嫌なときに歌っている『みかんの花咲く丘』だ。

「テルちゃん、それ何ですか？」

思わず訊くと、間髪を容れずに「タイ坊たちへの餞別だよ」という答えが返ってきた。

実はタイ坊とママが、こっちの店を引き払って大間に引っ越すのである。タイ坊が向こうでマグロ釣りの漁師になると決め、ママはスナックを本州最北端の地に移転させるのだそうだ。太公望の奥さんに比べたら、なんと理解のある妻だろう。富樫さんや須藤さんには「ほとんどバカだね」といわれていた。

――あの人には、あたしに見えないものが見えている。それに気付かないふりしてきたけど、そろそろ頃合いだと思うわ。あたしだって、亭主のカッコいいところが見てみたいのよ。

そんな名台詞までいわれたら、近所のお節介焼きたちも舌鋒を引っ込めないわけにいかない。そして、テルちゃんは旧友との長いお別れを惜しみに行くわけか――。

「あれ、嘘よ」

自動ドアが閉まらないうちに、トットコ早足で角を曲がるテルちゃんの後ろ姿を見ながら、早智子さんがいう。

「え？」

嘘とは、まさかタイ坊が大間で漁師になるというのが嘘だというのか？　またママを裏切ったのか？

「そうじゃなくて、テルちゃんがタイ坊に餞別を渡すというのが嘘なんです」

「どういうことですか？」

「テルちゃんは、タイ坊に会いに行くんじゃなくて――」

そこで早智子さんは言葉を切り、一息吐いてから続けた。

「疋田加代さんに会いに行くんです」

「なんで？　なんでなんで？」

「餞別を――紙袋に入れたお金を渡すため」

「あれって、お金なんですか？」

わたしは、すごい大声を出してしまった。店にお客が居なくて幸いである。

「まさか、疋田さんにお金を貢ぐために？　あの中身が全部お金ってことは――」

わたしの頭の中に、艶然（えんぜん）と振舞う疋田加代さんと、紙袋いっぱいの札束が、理髪店のサインポールみたいにぐるぐると回った。

(冗談じゃない！)

カッと頭の中が熱くなる。怒りによる熱さだ。わたしはテルちゃんを引き留めるために店を飛び出しかけ、早智子さんに呼び止められた。

「放っときなさい。あれね、全部がお金じゃなくて、半分くらいは四角屋の最中なんだから」

「四角屋の最中？」

「加代さんの好物です」

「じゃあ、あれを渡すって早智子さんも知ってることなんですか？」

「まさか。こっそりと盗み見たの」

早智子さんはクールにいう。わたしは面食らい、それでもいい募った。

「でもでも——でも、ともかく半分はお金なんですよね」

そんな大金、わたしは生で見たこともない。簡単に他人に渡して良いものでは、断じてないと思う。

「それでも、良いんです」

「どうして？　あのまま駆け落ちでもしたら、どうするんですか？　いや、駆け落ちまでしなくても、お金でしょ？　半分は最中でも、あとはお金ですよね？　お金を稼ぐためにわたしたちは毎日――」

かつてテルちゃんが加代さんに熱を上げていた話は、須藤さんからも聞いていた。わたしの勝手な印象ではあるけれど、テルちゃんは本気で加代さんに恋焦がれていたものの、振られた腹いせに早智子さんと結婚したのではなかったのか。こういったら失礼千万だが、若き日の早智子さんは、テルちゃんのキープさんだったのではないのか。

「この店を開くとき、加代さんのご主人が無利子無担保でお金を貸してくれたのよ。もちろん、そのお金はもう返したけど、でも恩返しはまだなの。だから今度は、借金で困っている疋田さんにお金を渡すのは、道理にかなっているんです」

「だって、あんなに――。あれって、ひょっとして――」

キッチン・テルちゃんの移転資金ではないのか。

そう思ったら、先だってのガラス張りのビルで目撃したテルちゃんのことが脳裏に浮かんだ。あのときに会っていたサラリーマン風の人は銀行員で、大金を移動させることや使い道について話していたのかもしれない。

ともあれ、わたしは早智子さんがいう「恩返し」なんて、少しも納得できなかった。

「あんな人の色仕掛けにまんまと騙(だま)されるなんて、テルちゃんらしくないです！」

「テルちゃんは、加代さんに未練があるわけじゃないのよ。先方がどう思っているかはわからないけど、テルちゃんは大丈夫よ」

「うーん」

早智子さんの言葉を否定するのは、さすがに憚られたから、わたしは唸るしかできない。

そんなわたしを見て、早智子さんは「うん、うん」と分別ありげに頷いた。

「テルちゃんと加代さんのこと、須藤さんからも聞いていたんでしょ？」

「はい——まあ」

「昔話よね」

「まあ——でも」

「じゃあ、昔話の補足をしましょう」

そして、早智子さんは語り出す。

加代さんが突如として疋田工務店の跡取りとの結婚を決めたのは、煮え切らないテルちゃんへの当てつけだった。映画の『卒業』みたいに、結婚式場に花嫁を奪いに来る真の恋人をテルちゃんに演じて欲しかった。そっくりそのままのことを期待したわけではないが、似たようなことが起ることに加代さんは賭けた。冷静に考えれば無謀すぎる賭けだけれど、テルちゃんは無謀なタイプの男だし、土壇場で自分を選ぶという確信があった。

でも、テルちゃんは疋田氏と加代さんの結婚式場には出向かず、早智子さんに求婚したのだった。

「それは、おノロケですか？」

わたしが訊くと、早智子さんは穏やかにほほ笑む。

「そう、おノロケですよ。ヤキモチを妬くのは、加代さんの方なんです。それにね、テルちゃんが張り切っているからいい出せなかったけど、わたしは、店の移転には反対なのよね」

「え？　どうしてですか？」

「この近所でも、すぐ近くに移っただけで、繁盛店がすっかりサビれて閉店してしまったこともあるのよ。バス停前にあって気楽に立ち寄れた小店舗が、筋向いに立派なお店を建てたら客足が遠のいてしまって」

「そうなんですか」

「ましてや、うちは遠くの住宅街に移転する予定だもの」

この辺りの繁華街に新天地を見つけるのは、予算的に無理なのだそうだ。早智子さんは、近所で移転に失敗した店を見て、かなりネガティブな気持ちになっていた。それに、二十年来の常連たちと別れるのが辛くて、明るい未来なんか見えてこない。でも、この場所自体がなくなってしまうのだから、仕方がないと諦めていたのである。

そんな中、スドー・ビルヂングの取り壊しが中止になった。今のまま、ここで店を続けられるなんて、早智子さんにしてみたら願ったりかなったりなのだ。

「だから、不安材料の移転資金なんて、きれいさっぱり加代さんに持って行ってもらった方がありがたいのよ」

「早智子さん……」

「臆病(おくびょう)だと笑われるかもしれないけど、わたしは賭けがきらい。昔、テルちゃんに連れ去られることに賭けた加代さんが、もしもその賭けに勝っていたら、その先にはもっと悪い現実が待っていたと思うんです。賭けってのは、賭けた時点で破れかぶれなんですから」

早智子さんは、大きな木製のスプーンで鍋をかき回す。いかにも平和な感じだけれど、どこか西洋の昔話に出て来る魔女が秘薬を作っている動作にも見えた。

「今よりももっと良くなるようにとか、そんな希望はわたしにはないのよ。だって、今でも充分に幸せだもの。わたしは、そう思って生きてきました。そう選んで生きてきました」

早智子さんの言葉に、わたしはハッとした。

メンチくんが、わざわざいいに来たお説教——どうするのが自分らしいかと考えて決断するべきだということ——。早智子さんも今、同じことをいっている。そして、早智子さんの消極的にも聞こえる話は、実は勝利宣言なのだ。

賭けなんかせず、むやみに望むことばかりせず、今日も明日も同じでありますように。

（メンチくんは、その逆だったのかな）

メンチくんは、自分らしさというものを見誤った――もしくは、ろくろく考えもしなかった。あのとき――生霊になってまで、メンチくんはわたしに自分の失敗を告げに来たのだ。……きっと。

「亜美さん、どうかしたの？」

考え込むわたしに、早智子さんは気遣うような視線を向けている。

「いえいえ。ちょっと内省を――」

慌ててかぶりを振ると、早智子さんは出来上がった麻婆茄子を小皿に入れて差し出してくる。わたしは、ほくほくと喜んで味見をさせてもらった。

「ねえ、亜美さん。わたしだってね、死に物狂いで働くことを誓ったりなんか、絶対にしないわよ」

そういって、早智子さんはお淑やかに笑った。

その日、外出から戻ったテルちゃんは、早智子さんに加えてわたしにまで、自分が今さっきしてきたことを全て説明して平身低頭謝った。テルちゃんの謝罪と釈明は、早智子さんが見抜いていたとおりで、テルちゃんは罰としてかさ張るキッチンペーパーとトイレットペーパーとティッシュペーパーを買いに行かされた。でも、それで許してもらえたみたいだ。

＊

夏が来て秋になり、オンボロのスドー・ビルヂングは今も駅前商店街に建っている。その一階で、キッチン・テルちゃんは小さな商いを続けている。テルちゃんは相変わらずオペラ歌手みたいな声で「キャハハハ」と笑っている。

健留は昼になると頻繁に祖父を訪ねて来て、一緒に幕の内弁当を食べるのが習慣だ。そうそう。一つ、報告しなければならないのは、モクタンが滝井家に正式に引き取られたことである。散歩に連れ出すのはシンスケくんの仕事だが、ときたま父親の滝井さんがリードを付けたモクタンに引っ張られるような様子で土手の道を散歩しているそうだ。

わたしは、早智子さんに勧められて、調理師免許を取ろうかなと思い始めている。

「調理師免許を取ったら、最初にぼくにアジフライを作ってください」

そういうのは、健留だ。

「はいはい」

生返事をするわたしは、ときどきメンチくんのことを思い出している。

本書は書き下ろしです。

キッチン・テルちゃん なまけもの繁盛記

堀川アサコ

令和5年 7月25日　初版発行

発行者●山下直久

発行●株式会社KADOKAWA
〒102-8177　東京都千代田区富士見2-13-3
電話　0570-002-301（ナビダイヤル）

角川文庫 23723

印刷所●株式会社暁印刷
製本所●本間製本株式会社

表紙画●和田三造

●お問い合わせ
https://www.kadokawa.co.jp/（「お問い合わせ」へお進みください）
※内容によっては、お答えできない場合があります。
※サポートは日本国内のみとさせていただきます。
※Japanese text only

ISBN 978-4-04-113008-7　C0193

JASRAC 出 2303975-301

◇◇◇

角川文庫発刊に際して

角川源義

第二次世界大戦の敗北は、軍事力の敗北であった以上に、私たちの若い文化力の敗退であった。私たちの文化が戦争に対して如何に無力であり、単なるあだ花に過ぎなかったかを、私たちは身を以て体験し痛感した。西洋近代文化の摂取にとって、明治以後八十年の歳月は決して短かすぎたとは言えない。にもかかわらず、近代文化の伝統を確立し、自由な批判と柔軟な良識に富む文化層として自らを形成することに私たちは失敗して来た。そしてこれは、各層への文化の普及滲透を任務とする出版人の責任でもあった。

一九四五年以来、私たちは再び振出しに戻り、第一歩から踏み出すことを余儀なくされた。これは大きな不幸ではあるが、反面、これまでの混沌・未熟・歪曲の中にあった我が国の文化に秩序と確たる基礎を齎らすためには絶好の機会でもある。角川書店は、このような祖国の文化的危機にあたり、微力をも顧みず再建の礎石たるべき抱負と決意とをもって出発したが、ここに創立以来の念願を果すべく角川文庫を発刊する。これまで刊行されたあらゆる全集叢書文庫類の長所と短所とを検討し、古今東西の不朽の典籍を、良心的編集のもとに、廉価に、そして書架にふさわしい美本として、多くのひとびとに提供しようとする。しかし私たちは徒らに百科全書的な知識のジレッタントを作ることを目的とせず、あくまで祖国の文化に秩序と再建への道を示し、この文庫を角川書店の栄ある事業として、今後永久に継続発展せしめ、学芸と教養との殿堂として大成せんことを期したい。多くの読書子の愛情ある忠言と支持とによって、この希望と抱負とを完遂せしめられんことを願う。

一九四九年五月三日